Chakir Nemmaoui

Le sage

roman poétique

Éditions Dédicaces

LE SAGE, par CHAKIR NEMMAOUI

ÉDITIONS DÉDICACES INC.
675, rue Frédéric Chopin
Montréal (Québec) H1L 6S9
Canada

www.dedicaces.ca | www.dedicaces.info
Courriel : info@dedicaces.ca

Chakir Nemmaoui

Le sage

roman poétique

Le sage

Il fut un homme qui avait parcouru presque toute l'Europe à la recherche de la connaissance, il s'appelait Michel Durand, il avait vingt-six ans quand il termina ses études universitaires en philosophie. Mais avant d'entreprendre un autre périple, la sédentarité avait fait de lui un esclave, soumis à la routine, victime de la maladie de la possession du matériel. Ce fourbi qui le rendait vulnérable et dépendant, dont il ne pouvait guère se départir, un besoin inhérent et insensé. La dépendance du matériel devenait à ses yeux une chose si absurde qu'il ne pouvait plus endurer, de sorte qu'elle le clouait au même endroit pendant des années. Ainsi, quand il voyageait, il revenait toujours à son point de repère qui n'était en réalité qu'une attraction erronée et déguisée, qui avait développé en lui le supplice de la routine.

Une sorte de manigance nonchalante perpétrée par une accoutumance incongrue. Il comprit qu'il se fit berner, pendant des années, par le besoin ardu de la manie de la possession des biens aussi désuets qu'ils soient. Il les gardait chez lui, parce que tout simplement, cela lui rappelait quelques souvenirs, du moins quelques fragments de souvenirs. Une insécurité qu'il éprouvait juste à l'idée de perdre des objets qu'il avait associés à ses souvenirs. Un attachement inconditionnel, mais alors que faire ?

Rester à la même place pendant des années ou bien décider d'aller parcourir le monde, avoir le courage de se dissocier d'objets pour lesquels il avait un sentiment d'attachement inexpliqué. Dans son subconscient résidait une idée du fait que ces objets pouvaient le protéger contre le mal. Mais de quel mal s'agissait-il ? Un mal réel ou virtuel ?

Au cours d'un voyage qu'il entreprit en Belgique, il assista à une conférence d'un érudit nommé Marcel Hugo. Il était d'un âge assez avancé, mais il était en forme, il avait les cheveux blancs et il portait un costume gris dont la mode avait bien souffert. Le thème de sa conférence se portait sur la dépendance des humains vis-à-vis du matériel. Cette conférence changea le cours de sa vie à jamais, elle vainquit en lui le côté sombre dissimulé dans son subconscient.

Un an plus tard, il assista à une autre conférence de Marcel Hugo dont le thème fut la pensée humaine et l'homme-machine. Voici l'exposé de ce qu'il disait, grosso modo :

« Avec la sédentarisation, l'homme est devenu une machine qui doit exécuter des tâches quotidiennes et répétitives, et en l'occurrence, il a cessé inexorablement de penser. Tout ce dont il pense est relié à ses habitudes et à son mode de vie. Comment osera-t-on concevoir que l'homme a cessé de penser ? Alors qu'il ne mène sa barque qu'à travers elle. La pensée de l'homme moderne est loin d'être éloquente et encore moins philosophique, elle est limitée dans le temps et dans l'espace qu'il occupe. Un espace restreint qui ne l'aide point à la développer, à l'explorer sous tous ses angles pour pouvoir se l'approprier.

La pensée n'est pas à la portée de l'homme-machine qui est devenu dépendant de la société dans laquelle il vit. Oui, l'homme pense certes, mais uniquement à tout ce qui est relié à son travail, à sa consommation quotidienne, pour assouvir son plaisir immédiat, ou à la façon de trouver un moyen pour se procurer plus d'argent afin de continuer à consommer. Il demeure dans un cercle vicieux et, par conséquent, sa pensée reste restreinte.

Parmi les principaux fondements du capitalisme qui contribuent au maintien de son mécanisme dans une société industrialisée, est l'incitation à la surconsommation, notamment l'achat d'une nouvelle voiture tous les trois ans, le changement d'équipements électroniques et électroménagers tous les deux ou trois ans, "*j'en passe et des meilleurs.*". (Victor Hugo). La publicité joue un rôle très influent sur le consommateur quand il s'agit de prendre une décision pour l'achat d'un nouveau produit, qu'il soit essentiel ou superflu. La création de nouveaux ainsi que de faux besoins est la pure machination que le consommateur doit avaler. Un faux besoin qui finit par devenir une nécessité incontestable.

Ainsi, le sujet se crée des besoins superflus en achetant toutes sortes d'objets dont il n'a pas besoin. De sorte que les gens, qui s'engagent dans ce jeu, s'adonnent à un plaisir illusoire dont ils ne peuvent plus se passer. Souvent, les acheteurs compulsifs commandent des objets et quand ils les reçoivent, ils les empilent dans un coin sans même prendre la peine de les déballer.

C'est bien beau de contribuer à stimuler l'expansion de l'économie, mais pas à un point d'acheter n'importe quoi ! L'homme moderne pense qu'il est libre de faire ce qu'il veut, mais en réalité, il n'en est rien, car il s'imagine être en possession d'une liberté qui n'est nulle autre qu'un mirage. Évidemment, il doit travailler pour gagner sa vie ; c'est cela qui fait la différence entre un être humain et un animal entre autres. Mais, sa liberté durant ce laps de temps est révoquée, car il est soumis à un certain nombre de règles qu'il doit respecter quotidiennement, afin qu'il puisse continuer à gagner sa vie. Par conséquent, sa pensée s'arrête sur un seul objectif, qui est la productivité. Le travailleur n'a pas le temps pour penser et le capitaliste à largement le temps pour méditer. " *Les possesseurs ne travaillent pas et les travailleurs ne possèdent pas*". (Karl Marx, le capital.).

La pensée est un oiseau survolant le ciel, heureux et libre comme l'air en battant des ailes, c'est une étoile qui scintille dans l'espace, ou une activité de l'esprit dont les idées se mettent en place, un germe qui convoite l'inspiration et la réflexion, il se développe et en s'affinant, il devient une action, c'est une source d'énergie dont l'esprit se nourrit, et une autre façon de voir les choses quand il mûrit...».

7

À la fin de la conférence, après qu'il eut eu un bref entretien avec monsieur Hugo, il obtint un rendez-vous avec lui pour développer le sujet en question. En premier lieu, ils se rencontrèrent dans un café, ils eurent quelques échanges et par la suite, d'autres rencontres se succédèrent, durant lesquelles ils eurent l'occasion d'approfondir le sujet. Quand il eut atteint l'âge de vingt-huit ans, il quitta la France à destination de l'Inde, bien qu'il eût des regrets, l'appétence de l'aventure l'incita à explorer d'autres horizons. Lors de son voyage en Inde durant l'automne de 1998, il rencontra à New Delhi un écrivain, poète et philosophe méconnu de la société occidentale.

Il s'appelait Akram Singh, un Indien originaire des îles Andaman et Nicobar, un archipel de l'Inde situé dans l'océan indien. Ils devinrent des amis et ce dernier l'invita chez lui, à Port Blair, et l'hébergea pendant un an. Durant ce laps de temps, ils eurent l'opportunité d'aborder plusieurs sujets d'ordre philosophique et par la même occasion, il découvrit la poésie qu'il adoptera plus tard, comme ingrédient principal pour l'exposition de ses conférences. Il se rendit aussi au Tibet, à Lhassa et par la suite à Litang, où il côtoya des moines avec lesquels il eut l'occasion d'échanger des idées et d'apprendre davantage sur leur culture et leur spiritualité. Après avoir forgé sa connaissance pendant un séjour d'une année au Tibet, il rentra en France pour étaler sa connaissance à travers les conférences.

Ses conférences ne se rapportaient à aucun sujet en particulier, il devait l'aborder en laissant le soin aux auditeurs de choisir le thème à leur guise. Peu de temps après son retour en France, il publia un livre intitulé de l'Inde au Tibet, qui eut un succès inattendu en le propulsant au temple de la renommée. À l'aide de ses quelques amis et entre autres, un journaliste, il réussit à faire passer le message concernant sa première conférence qui se déroulera à Paris, en précisant que les sujets qui seront abordés, feront l'objet d'une improvisation et chaque thème sera accompagné d'une poésie. Quand la nouvelle fut répandue, certains intellectuels, notamment des poètes et des écrivains demeurèrent sceptiques. Mais la curiosité de ceux qui voulaient le tester engendra une présence massive des gens dans la salle, un succès qui lui a ouvert la porte sur un nouveau défi à relever.

Le poète

La conférence devait durer deux heures et les sujets devaient être choisis par le public, au hasard. À la première rangée, un poète était accompagné d'un écrivain. Ils étaient bien décidés à le massacrer devant les auditeurs, en choisissant des sujets délicats. C'était comme un règlement de compte ou un duel intellectuel, dont le poète faisait une affaire personnelle. Cette révélation fut comme une insulte à son égard. Le poète leva la main en s'empressant de passer le premier, le conférencier le remarqua et lui fit signe d'approbation. Une joie intense regagna le poète, un moment attendu avec impatience pour faire de lui le dindon de la farce. Alors le poète se leva et lui dit :

– Bonjour, Monsieur Durand, je m'appelle Gustave Malraux et je suis poète, j'aimerais que vous nous disiez ce que vous pensez de la poésie et que pourriez-vous nous offrir comme poème à cet effet ?

Un bref silence régna dans la salle avant que le conférencier ne le brise en s'élançant dans le vif du sujet avec une certaine assurance qui étonna le poète. Alors, il lui répondit :

« La poésie est présente en chacun de nous, elle est bien dissimulée dans notre subconscient. Il y a ceux qui trouvent le temps et le courage pour l'exprimer et d'autres qui la gardent dans leur subconscient. Tu as beau prétendre être un poète, mais tu ne pourras jamais décrire quoi que ce soit d'une manière parfaite, puisque rien ne pourra être parfait hormis le créateur et la mère Nature. Nul ne peut prétendre être meilleur que notre Dieu tout-puissant, le créateur des merveilles dont nous jouissons, un poète hors pair qui a su façonner la nature à sa guise et d'une manière parfaite.

Tu penses que c'est toi qui vas vers la poésie, mais en réalité, c'est elle qui vient vers toi. Elle t'enveloppe, elle s'empare de toi, tu deviens son esclave ; tu t'inspires, tu l'adores et en toi, elle ressort. À travers toi, elle s'exprime comme la mélodie du bonheur. Elle est assez maligne pour te faire voir de toutes les couleurs, avant que tu ne puisses la maîtriser avec ardeur. Il y a ceux qui s'adonnent à la poésie pour leur plaisir et ceux qui en font un gagne-pain, pour aller jouer dans la cour des grands afin de louanger les souverains. Cela fait d'eux de petits misérables sans scrupules qui transforment la poésie et la littérature en un simple instrument de mensonge et de flatterie, en échange de quelques malheureux dollars, ils se consacrent à l'idolâtrie. Quant à ceux qui se livrent à la poésie par plaisir, ils se verront offrir un océan de bonheur qui les transformera en anges gardiens du paradis virtuel, dans un monde parallèle. Un paradis doté de rivières de vin ; des rivières dont le vin coule à flots, une fontaine de jouvence intarissable, le poète n'a qu'à se servir à la louche pour étancher sa soif. Une rivière de vin blanc longeant le sud de la colline, tandis que celle du vin rouge sillonnant avec harmonie le nord. De l'autre côté de la colline, une rivière d'eau coulant en sourdine. Des oiseaux ainsi que des mammifères qui s'abreuvèrent, il y en a parmi eux qui se trompèrent de rivière. Aussitôt qu'ils eurent bu, les oiseaux se grisèrent en s'envolant ailleurs. Ils se repurent des joies de la vie, à l'abri de tous les malheurs, en chantant comme un orchestre symphonique qui s'improvisa en cœur. Fustigeant le vent de leurs ailes sifflantes, dans une chorégraphie subitement enivrante. Implorant les cieux et du fait de leur beauté, ils furent subjugués, d'une nature si généreuse dont les frontières ne furent guère endiguées.».

La poésie

La poésie est une fiction qui dépasse la réalité

Une combinaison de mots utilisés avec rationalité

C'est un art aussi subjuguant que sensationnel

Il nous projette dans un univers multidimensionnel

C'est un cocktail de beaux rêves et de réalité

Que l'on savoure soigneusement avec humilité

Une vénération de tout ce qui nous entoure

Et une admiration de notre monde sans détour

Elle nous aide à apprécier les joies de la vie

Et de voir les choses avec tant de philosophie

De s'exprimer harmonieusement avec clarté

Et de s'emporter romantiquement avec ambiguïté

En philosophant d'une manière aussi burlesque

On évite de sombrer dans l'absurde et le grotesque

C'est aussi l'art de conjuguer le réel et l'irréel

Par sa véhémence elle demeure un secret de polichinelle

Elle nous incite spontanément à bien réfléchir

À comprendre les choses avant de les décrire

En s'emportant dans un courant nostalgique

Ou dans un monde plutôt magique

Elle demeure éternelle bien après notre mort

Pour rappeler aux futures générations, notre sort

Elle est l'essence même de l'amour de la vie

Un souffle d'espoir en nous, il surgit

C'est une lumière mirobolante éclairant ma lanterne

Ou une joie inconditionnée dont point je ne me consterne.

L'économie et la politique

Après qu'il eut fini son poème dont il fit une improvisation extrême, des applaudissements retentirent dans la salle, brisant le silence produit par l'émotion des incrédules, surpris ou contrariés par la capacité intellectuelle de cet homme.

Dès que le silence régna dans la salle, l'écrivain leva la main en s'empressant à son tour d'avoir l'approbation de son adversaire afin de lui faire un échec et mat. Alors, le conférencier avait bien saisi ce que ces deux hommes manigançaient à son égard. Cependant avec un sourire amical, il lui accorda le droit de parole.

– Monsieur Durand, que pourriez-vous nous dire sur l'économie et la politique dans les pays du tiers-monde ? Et quel poème, pourriez-vous nous réciter à ce sujet ?

Après un bref moment de réflexion, il prit le micro et s'élança dans le sujet :

« La petite politique s'inspire des faits divers, cela constitue un boniment parfait pour leurrer le peuple. *"La démocratie, c'est l'art de gérer des stocks d'opinions et le capitalisme, c'est le fait de gérer des stocks de devises"*. (Jean-Pierre Raffarin). Une démocratie parfaite n'existera pas tant qu'il n'y aura pas de transparence en matière de politique intérieure et étrangère d'un gouvernement, et tant que la corruption ne sera pas enrayée.

La politique est l'art de subtiliser la démagogie pour berner le peuple, elle est l'art de lui faire oublier ses promesses électorales. Elle est également un talent qui épuise son énergie dans la tergiversation.

Il existe trois sortes de politiciens, le premier ne tient aucune de ses promesses, c'est un tocard, le peuple s'en débarrasse. Le deuxième livre quelques promesses, mais il réserve la principale pour son deuxième mandat. Le troisième se situe dans deux catégories de pays, les pays industrialisés et les pays du tiers-monde. Dans la première catégorie, à son troisième mandat, s'il en a un, le chef d'État commence à sabrer dans les dépenses publiques ainsi que les programmes sociaux. Fini l'époque des bonbons pour le peuple, tout le monde y passe. Il prend son pouvoir pour acquis et il devient arrogant à l'égard de son propre peuple en le traitant d'ignare.

Quant à la deuxième catégorie de pays dont le chef d'État préside une république de bananes, il prend le pouvoir définitivement en truquant les élections en sa faveur à chaque fois, et d'autres fois, il les reporte pour plusieurs années en invoquant la sécurité nationale du pays. Il divise son peuple, d'où la fameuse formule, *"diviser pour mieux régner"*. Parfois, il devient fou en semant la terreur et finit par provoquer un massacre ou un génocide au sein de sa propre population. Il se proclame empereur ou messie, il s'enrichit au détriment du peuple en le condamnant à la pauvreté éternelle.

Permettez-moi de vous exposer un portrait burlesque des promesses électorales dans les pays du tiers-monde. Eh bien, le chef du Parti politique de gauche, qui prône pour un gouvernement laïque, présenta des promesses mirobolantes de la sorte :

– Nous vous assurons que la religion sera séparée du pouvoir. Quant aux droits de la personne y compris ceux de la femme, nous ne vous garantissons rien, si ce n'est que la situation ne sera pas pire qu'aujourd'hui. Pour ce qui est de la liberté d'expression, il ne faut guère exagérer, car c'est trop demandé !

Par contre, nous vous garantissons une sécurité dans le pays. Quant à l'économie, nous ne pouvons malheureusement pas faire de miracle dans ce domaine. Le taux de chômage demeurera élevé chez les jeunes, évidemment. Cependant, nous vous certifions que tous les jeunes auront leur passeport pour quitter le pays et aller s'installer ailleurs. Ne comptez surtout pas sur nous pour créer des emplois. Par contre, vous n'aurez pas de gouvernement relevant de l'époque des croisades qui vous obligera à vous plier à sa misère. Pour ce qui est de la corruption, la collusion, le blanchiment d'argent, sachez que nous vous promettons de ne pas voler plus que les autres. Vous devez aussi comprendre, que la corruption et tout le reste font partie de nos traditions et, nous ne pouvons guère nous en départir.

Alors entre un enfer à 70 degrés à l'ombre et un autre fondé sur une politique de chienlit, lequel des deux est le meilleur pour vous ? Que voulez-vous que je vous dise ? *"Au royaume des aveugles, les borgnes sont rois !"*.

"Il y a trois sortes d'aristocraties : naturelle, élective, héréditaire. La première ne convient qu'à des peuples simples ; la troisième est le pire de tous les gouvernements. La deuxième est la meilleure : c'est l'aristocratie proprement dite."(J.J.Rousseau, Du contrat social ou principes des droits politiques, 1762).

La plupart des pays du tiers-monde vivent encore à l'époque du début du Moyen Âge. Pour quelle raison, ces pays n'ont pas pu évoluer comme les pays occidentaux ? Est-

14

ce à cause de leur mentalité ? Ou à cause de leur religion ? Ou les deux facteurs combinés ? Il faut dire que l'évolution n'est pas à la portée de tout le monde. Il y en a qui avancent lentement et d'autres qui reculent diligemment. Le contexte géographique est aussi une des causes principales du sous-développement. Pour certains, la religion et le pouvoir sont inséparables et pour d'autres l'évolution n'est pas envisageable. *" La religion est l'opium du peuple."*(Karl Marx).

La stabilité politique n'a pas de place dans ce bas monde, étant donné l'inégalité flagrante du niveau de vie et du pouvoir d'achat des individus, qui creusent un écart de richesse considérable entre les différentes classes sociales.

Nous constatons de plus en plus un écart de croissance économique entre les pays riches et pauvres. Le problème est que ce fossé a tendance à s'élargir avec le temps.

Les pays pauvres vivent un paradoxe très difficile à discerner et à résoudre. Encore faut-il dire que certaines élites issues des pays du tiers-monde s'enrichissent beaucoup plus vite qu'il ne le faut et s'accaparent de 90 % à 98 % des richesses. Or le reste de la population qui représente une majorité se voit partager les 2 % des ressources restantes pour survivre.

"Aussi, ne faut-il jamais maltraiter personne à moins qu'on ne lui ôte entièrement le pouvoir de se venger" (Machiavel, Le prince).

Les pays du tiers-monde ont été colonisés pendant longtemps. La majorité d'entre eux a subi le supplice de l'occupation par plusieurs expansionnistes. En effet, à chaque siècle, la même colonie changeait d'impérialiste ; et à chaque fois sa délimitation territoriale est redéfinie. D'autant plus qu'il ne faut pas oublier que les pays européens qui sont riches actuellement, ont bien exploité les ressources des pays pauvres. Et ce, pendant plusieurs siècles. Or non seulement, ils se sont retirés en ne laissant que des miettes aux peuples qui ont été dépouillés et ravagés, mais ils leur ont aussi laissé des conflits d'ordre territorial, qui sont la cause principale des guerres entre les pays voisins et quelques fois entre différentes ethnies à l'intérieur d'un même pays.

Les pays du tiers-monde ont fini par avoir leur indépendance, mais à quel prix ?

Dépourvus de tout, ils doivent recommencer à zéro. Mais ce n'est pas une chose facile, car sans moyens ni conscience, nul ne pourra rebâtir ces pays et relancer leur économie. Ces peuples avaient été tant habitués à se faire exploiter par les colonisateurs et à servir une minorité, qu'il serait difficile pour leurs dirigeants actuels de se départir de cette mentalité, qui est l'enrichissement personnel au détriment du peuple.

Cette mentalité reflète l'inconscience des dirigeants qui cèdent à cette tentation inéluctable, puisque l'accumulation de la richesse prend le dessus sur les principes fondamentaux de la conscience sociale.

Les multinationales, et même les moyennes entreprises commencent de plus en plus à quitter leur pays d'origine pour s'installer ailleurs. Là où la main-d'œuvre coûte moins cher, afin de s'enrichir davantage au préjudice des autres.

Les pays du tiers-monde ainsi que ceux en voie de développement accueillent à bras ouverts ces entreprises. C'est l'ère de la mondialisation. Les bénéfices réalisés par ces multinationales ne profitent qu'à une minorité. La prospérité de ces dernières leur permet de s'agrandir et de se diversifier jusqu'à ce qu'elles détiennent le monopole dans les pays du tiers-monde. La plupart des pays sous-développés assistent à un recul sans précédent, car ils sont entraînés dans un cercle vicieux.

En effet, pour s'approprier un équipement productif, il faut recourir à des investissements massifs et, en l'occurrence, il faut disposer d'une épargne considérable. Dans les pays sous-développés, la productivité est extrêmement faible, tandis que le revenu reste piteux, et comme il est grugé presque entièrement par la consommation, l'investissement et l'épargne sont quasiment inexistants. Or sans investissement, le capital ne sera pas accumulé et sans profits le revenu ne connaîtra pas d'augmentation, et si le revenu est insuffisant, l'épargne et l'investissement seront pratiquement nuls. Cet engrenage entraîne les pays sous-développés dans un marasme économique. L'instabilité politique et la dette extérieure enfoncent ces pays dans un goulet d'étranglement. Le comble est que depuis plus d'une décennie, certaines entreprises appelées

"Fonds vautours" (des fonds d'investissement spéculatifs) rachètent aux créanciers les dettes des pays insolvables, à un prix dérisoire ; afin de réaliser des profits à moyen ou à long terme, sur le dos des pays qui sont au bord de la faillite. Souvent, ils entament des procédures judiciaires contre leurs nouveaux débiteurs pour qu'ils continuent à payer. Comme la dette est colossale, ils ne pourront jamais la rembourser, puisqu'ils seront toujours étouffés rien que par les intérêts. La politique dans ces pays est une vraie farce quant à l'économie, elle souffre d'une maladie incurable. La corruption fait des ravages dans les pays du tiers-monde ; ajoutons à cela le taux d'analphabétisme qui varie d'un pays à l'autre, il peut atteindre 80 %, tandis que la pauvreté touche jusqu'à 98 % de la population dans certains pays. Alors que le taux de chômage est incalculable, car il n'existe aucune statistique tangible et fiable pour pouvoir le déterminer.

Permettez-moi de vous raconter une anecdote à propos de la dette extérieure des pays. Dieu fait savoir que chacun des grands dirigeants mondiaux aura le droit de lui poser une question.

Le président George H. W. Bush lui demanda :
– Le communisme sera-t-il victorieux aux États-Unis ?
Dieu lui répondit :
– Pas de votre vivant !
– Mikhaïl Gorbatchev lui demanda à son tour :
– Le capitalisme prendra-t-il le pouvoir en URSS ?
Dieu lui répondit :

– Pas de votre vivant !

Alors le président Sarney, du Brésil, s'avança et lui demanda

– Le Brésil pourra-t-il régler sa dette un jour ?

– Pas de mon vivant ! Lui affirma Dieu.».

(L'état du tiers-monde, 1989).

Le tiers-monde

Dans les pays du tiers-monde

La petite politique est de rigueur

La corruption n'est point immonde

Elle est institutionnalisée et en vigueur

Il existe une panoplie de ministères

Relevant de l'absurdité, ils engendrent la misère

Le ministère des affaires débiles et des bidonvilles

Le ministère des affaires futiles et inutiles

Le ministère des affaires bizarres et du hachich

Le ministère des affaires absurdes et du bakchich

Le ministère des affaires insensées et grotesques

Ainsi que le ministère des affaires burlesques

Le ministère de la débandade et du harem

Et celui du délire et de la propagande à l'extrême

Ainsi quand une décision est prise

La demande de révision n'est pas permise

À moins de verser un alléchant pot-de-vin

Tout espoir d'avoir ton droit est anodin

La corruption fait l'objet d'une promesse électorale

Le détournement de fonds est une pratique banale

L'honnêteté chez les dirigeants n'est pas une nécessité

Assoiffés de pouvoir, ils souffrent de cupidité

Se développer ce n'est pas un objectif

L'emblème national est de demeurer oisif

Pour bien garder le peuple dans la misère

Et gouverner le pays d'une manière austère

Savoir diviser le peuple pour mieux régner

Pour garder le pouvoir, il faut le faire saigner

La liberté d'expression a été délibérément omise

Les droits de la personne ne sont pas de mise

Contester la corruption est un parjure

Tu seras passible de mort ou de torture

De la géhenne, ils font leur devise

En massacrant le peuple à leur guise.

La pauvreté dans le tiers-monde

Après avoir fini sa prestation, le public fut subjugué par son incroyable improvisation de telle sorte que les applaudissements durèrent quelques secondes de plus que la première fois. Le scepticisme, qui régnait dans la salle au début de la conférence, s'est dissipé en cédant place à l'admiration et la reconnaissance du talent du jeune prodige. Une journaliste leva la main et après avoir reçu un signe d'approbation, elle lui dit :

– Monsieur Durand, que pouvez-vous nous dire sur la pauvreté dans le monde ? Et quel poème nous réservez-vous dans ce domaine?

Le conférencier fut ravi d'aborder un tel sujet qui lui tenait à cœur, un sujet tant attendu pour exprimer son désarroi vis-à-vis d'un fléau qui décime des millions d'êtres humains chaque année. Il prit quelques gorgées d'eau, le temps de s'accorder une pause avant d'entamer le sujet :

« La pauvreté est une réalité dont bien des peuples souffrent atrocement et la misère est une causalité de ce que nous avons fait antérieurement. En effet, la pauvreté est le fruit de toutes les erreurs que l'on a accumulées durant notre vie. Quelquefois, on redresse la barre et parfois, on perd l'équilibre et on touche le fond.

"L'argent signifie la liberté et le pouvoir. C'est le bien extérieur de l'humanité. Il a le pouvoir de tout transformer. (...) Il change la fidélité en infidélité, l'amour en haine, la haine en amour, la vertu en péché, le serviteur en maître, le maître en serviteur, la bêtise en raison, la raison en bêtise."(William Shakespeare).

La fin justifie les moyens, l'exploitation de l'être humain envers ses semblables, n'est pas une chose récente. Cette pratique existe depuis la nuit des temps et c'est devenu presque une coutume.

Les personnes les moins cultivées et pauvres dans toutes les sociétés sont les plus vulnérables, victimes de leur ignorance, elles laissent le champ libre aux rapaces abominables.

Quand la pauvreté intellectuelle se combine avec la pauvreté matérielle chez le même individu, on peut dire que ce dernier a touché le fond du baril.

"Ce n'est pas la conscience des hommes qui détermine leur être ; c'est inversement leur être social qui détermine leur conscience."(Karl Marx).

En l'absence d'une conscience sociale, le peuple du tiers-monde est victime de son ignorance, cependant le paradoxe est que l'excès de pauvreté et le manque de ressources, constituent une entrave majeure à son évolution et en l'occurrence à son développement économique. Dans le tiers-monde, rare ceux qui réussissent à s'enrichir honnêtement, et ceux qui y arrivent, sont des rescapés de la conjoncture économique et de la société chaotique de laquelle ils sont issus.

Dans certains pays du tiers-monde, le développement économique est en contradiction avec les valeurs sociales. Ce qui engendre un obstacle crucial à leur évolution et notamment à leur essor industriel.

Quand il s'agit d'une famine généralisée qui ébranle une grande partie de la population d'un pays, les valeurs humaines non seulement, ne sont plus une priorité, mais, ont aussi tendance à disparaître complètement pour céder la place au côté sauvage qui est endormi dans le subconscient de l'être humain. La même chose se produit quand il s'agit d'une guerre civile, les gens deviennent des sauvages avec toutes les mutilations à la hachette et le carnage qu'ils font subir aux victimes, et cela, sans parler du cannibalisme qui en résulte.

"Ainsi voilà l'espèce humaine divisée en troupeaux de bétail, dont chacun a son chef, qui le garde pour le dévorer." (J. J. Rousseau).

Les pays du tiers-monde font face à des problèmes de famine, de maladies extrêmement contagieuses qui tuent des millions de personnes chaque année.

La plupart des gens issus de ces pays vivent en moyenne avec un dollar ou moins par jour.

Ils sont en train de patauger dans la boue, le néant, aucune issue. Qui paiera au bout du compte ? Tout le monde. Si la tendance se maintient, je dirai que la situation de ces pays risque de se dégrader dans un proche avenir.

Il ne faut guère espérer qu'une conscience collective puisse perdurer en l'absence d'une conscience individuelle au sein d'une société ou d'une microsociété.

Ce peuple vit au jour le jour sans aucun espoir de mener un jour une vie décente. Ces pays pauvres ont fini par avoir leur indépendance politique, mais ils n'ont jamais acquis leur indépendance économique. Par conséquent, ils continuent à dépendre de leur ancien colonisateur.

Il était une fois un pays dont le roi est la misère et la reine est la galère, quant au peuple pour survivre, il se nourrit des galettes de terre ; pas d'argent, pas d'emploi et une politique austère et sans aucun choix, un avenir incertain et une économie en déclin, l'infrastructure est devenue un vestige et la pauvreté est une fatalité qui s'inflige.

La démocratie n'est pas une option et le système est infesté par la corruption. Il n'y a pas de place pour l'évolution, et il n'y a hélas aucune solution, vu que le peuple s'est fourvoyé dans la dévotion. La démocratie est un ennemi redoutable de la dictature que l'instigateur a radié de sa nomenclature.

Un bateau de rêves qui échoue sur une plage, poussé par une vague déferlante, il se fracasse sur le rivage; en projetant une scène consternante, il étale l'ampleur de ses dommages. Une société victime de son décalage, égarée dans le temps, elle souffre du clivage, la sécheresse et le manque d'eau potable dans une terre aride et incultivable, dotée d'un climat torride et insoutenable.».

La pauvreté

Oh ! Pauvreté et écœurante misère

De toi, tant de peuples ont souffert

De malheur, de galère et de famine

Pauvres vieillards, gamins et gamines

Tu as été l'ultime auteur de la mort

Sans le moindre scrupule ni pitié ni remords

Tant de richesses dans ce bas monde

Mal réparties et sans aucune offrande

Pour ceux qui sont dans le besoin

Un besoin vital et sans parler des soins

Telle est la destinée des plus démunis

Condamnés à vivre ainsi jusqu'à l'infini

Peine, malheur, misère et vie austère

Réalité atroce dans un monde de galère

Corruption, collusion et extorsion de fonds

Mordre à l'appât et ensuite demander pardon

Blanchiment d'argent dans les paradis fiscaux

Pour assouvir ses désirs les plus cruciaux

Concupiscence, convoitise et bestialité

Sans aucune conscience ni moralité

S'enrichir au détriment des autres

Duper tout le monde en faisant l'apôtre

La richesse n'est point éternelle

Une illusion pour le commun des mortels

Le pouvoir, l'argent et la gloire

Un monde sans fondement ni espoir

Hécatombe, carnage, génocide et massacre

Séquelles, amertume, misère et goût âcre

Pour les survivants et les victimes du temps

Qui pleurent leur sort pendant longtemps

Oh ! Mon Dieu quand on est dans le trou

Sans espoir, aucune aide et sans-le-sou

Par-dessus la tête de ces maudits pingouins

Qui se remplissent les poches avec soin

Caviar, champagne, cognac et bourbon

S'en gaver inlassablement tels des faux jetons

Que de pauvres pataugeant dans le déboire

Irrémissible éventualité dépourvue d'espoir

Ainsi, je lève mon verre à la mère Nature

En souhaitant qu'un jour les humains seront matures

Ne m'en veuillez pas de ce que je pense

C'est plus fort que moi et aussi intense

Que de voir le pauvre vivre cette cruelle réalité

Bagatelle, monde banal et atroce fatalité.

L'aurore polaire

La conférence prit fin dans un vacarme d'applaudissements traduisant la satisfaction des auditeurs. Le poète et l'écrivain sont allés se présenter, ils sont devenus par la suite des amis.

Un mois plus tard, il donna une deuxième conférence à Bordeaux. Le conférencier surgit dans la salle, habillé comme un prince, d'un costume bien chic et sur-mesure. De sa personnalité un charisme fascinant se dégageait. Il s'approcha du micro pour saluer les spectateurs et tout à coup le silence revint dans la salle en lui augurant des prémices à son discours.

– Mesdames et messieurs, bonjour. Sachez que j'ai préparé pour vous une brochure qui contient le sommaire des thèmes que j'ai déjà abordés, afin d'éviter que les mêmes questions ne soient posées. Sachez également que ma première conférence a été enregistrée et que vous pouvez éventuellement acheter le disque compact, merci.

Une auditrice leva la main et le conférencier lui fit signe en lui cédant la parole.

– M. Durand, que pensez-vous de l'aurore polaire ? Et que pourriez-vous nous offrir comme prestation en guise de poème ?

Alors le conférencier décrocha le micro de son support et s'avança de quelques pas sur l'estrade en entamant son discours :

« L'aurore polaire est une lumière céleste qui se produit par la collision du vent solaire avec l'atmosphère terrestre au-dessus des pôles. Ainsi, l'aurore boréale est attribuée au pôle Nord et l'aurore australe apparaît au pôle Sud. Les principales couleurs qui sont engendrées par ce phénomène sont le bleu, le rouge et le vert, cependant, il arrive qu'elles apparaissent sous l'aspect d'autres couleurs comme le rose, le violet, etc.

L'aurore polaire a été associée à plusieurs mythes et légendes à travers les siècles. Les civilisations anciennes percevaient cela comme des serpents ou des dragons qui arpentaient le ciel, et bien d'autres légendes rocambolesques qu'on ne pourrait imaginer de nos jours. Elles avaient une admiration mystérieuse et inexpliquée qu'elles fabulaient dans un imaginaire qui les intriguait. À cette époque, la science ne pouvait pas élucider ce phénomène et, par conséquent, les mythes avaient pris le dessus sur la raison humaine. De nos jours, les scientifiques ont démontré que ce n'est pas un phénomène surnaturel qui ne suscite point une vénération spirituelle. Mais il faut bien dire que c'est une merveille parmi d'autres que mère Nature nous a offerte, un spectacle époustouflant de lumière de toutes les couleurs, apparaissant dans le ciel nocturne pour nous rappeler l'ampleur majestueuse de la Terre.

Un phénomène naturel et prodigieux, du fait de sa beauté, je demeure perplexe devant un tel spectacle gratuitement offert par la nature, qui ne cesse de me subjuguer avec ses phénomènes complexes.

Une magique lumière satinant le ciel nocturne d'une couleur bleuâtre, verdâtre et rougeâtre, et un spectacle époustouflant qui fascine ses idolâtres. Telle une magnifique plante qui s'épanouit en étalant ses fleurs, en guise de reconnaissance de la splendeur de cette lueur. Elle est si gracieuse, comme une chandelle, souffrant de la beauté de sa métamorphose, qui brûle dans le noir en déversant ses larmes de tous les bords. Une lumière pourpre ou verdâtre ou tout autre, parcourant le ciel en faisant de lui une proie qu'elle dévore.

Une étincelle angélique martèle le ciel en le façonnant d'une décoration d'un bel arbre de Noël. Une dentelle multicolore, phosphorescente et inodore, enveloppant le ciel d'un éblouissant décor, se plissant pour combler l'imaginaire du commun des mortels, ou un tronc d'arbre abritant une ruche dans laquelle coule du miel.

Une rivière rayonnante dont l'embouchure est l'atmosphère où un étalon en rut, tout en ruant, balançait sa crinière en l'air.

Un nuage de lueur venant de loin, il concubine avec toutes les couleurs, offrant une fête de lumières, en sillonnant le ciel avec ferveur.».

L'aurore polaire

L'aurore polaire boréale ou austral

Un événement d'une beauté phénoménal

Sa naissance est due au vent solair

En percutant l'air de l'atmosphèr

Il se produit une multitude de couleurs claire

En illuminant soudainement le cie

D'un fascinant décor pastel

Encore une fois une autre belle merveille

Un chef-d'œuvre de la nature et du soleil

Un spectacle de lumières dansantes

Aussi prodigieuses que mirobolantes

En scintillant comme une étoile filante

Sillonnant le ciel avant de devenir latente

Une représentation qui se déroule en silence

Dans une mise en scène inédite et intense

Un élan oscillant de lumières colorées

Dansant le tango avec un air honoré

Un bruit insonore qui hante le ciel

Au rythme d'une valse sensuelle

Que de croyances associées à ce mystère

Subjuguant tous les peuples de l'hémisphère

Ô mère Nature comme je te vénère

Tu es aussi généreuse que tu n'en as l'air.

Les classes sociales

Un vacarme d'applaudissements interrompit la sérénité de la salle avant de céder la place au silence qui prédit le début d'une autre prestation dont le sujet demeure un mystère. Un autre auditeur leva la main et après avoir reçu l'approbation de son interlocuteur, il lui dit :

– M. Durand, que pensez-vous de la classe pauvre et de la classe moyenne dans les pays industrialisés ? Et qu'en est-il de la répartition des richesses ? Et quel est le poème adéquat pour décrire ce fléau ?

Le conférencier fut enflammé étant donné l'intérêt qu'il portait à ce sujet, c'est alors qu'il s'empressa de l'amorcer :

« Le capitalisme fait des ravages au sein de la population dont le revenu est faible, comme la classe pauvre ou encore la classe moyenne dont les poches sont criblées de dettes. Un engrenage sans fin, de sorte que les victimes de ce système ne font que du sur place, elles sont confinées dans leurs petites vies. Aucune issue à l'horizon, quant à l'espoir, ce n'est qu'un mirage pour le peuple. Vivre toute une vie en se contentant d'être observateur et non acteur. Le temps devient alors très long, les heures passent à peine. On implore le ciel pour que le temps puisse passer à vive allure, afin de se défaire de cette interminable lassitude.

Les inégalités sociales creusent un énorme fossé entre les différentes classes, mais il faut reconnaître que la classe moyenne n'est pas à envier. Chaque fois qu'un gouvernement décide d'éponger son déficit, le bouc émissaire est là pour écoper. Les erreurs des autres, c'est la classe moyenne qui doit les payer, elle rejoint tranquillement la pauvreté pour qu'un jour elle puisse fraterniser avec elle.

Alors que la classe riche s'enrichit de plus en plus, en payant moins d'impôts et en profitant tout bonnement des paradis fiscaux.

La répartition des richesses demeure un désastre, ayant trop donné aux uns on en refuse aux autres. La détresse morale des personnes pauvres nous interpelle à tout moment, un noble geste à faire à leur égard est nécessaire au lieu de sombrer dans les boniments.

Un jour à mi-chemin, la pauvreté rencontra la richesse, elle fut intriguée par son opulence et elle s'exclama :

– Ô toi richesse ! Que tu es si belle avec ton visage rayonnant, tu es si bien vêtue telle une princesse, tu es si coquette et tu ne seras point désuète. Tu seras, ad vitam aeternam, vénérée pour ton argent et sollicitée par beaucoup de gens, tu seras fameuse et célèbre et tu ne vivras point dans les ténèbres.

– Et toi, pauvreté, tu es si ridée et habillée tel un épouvantail, qu'as-tu fais à Dieu pour que de la misère tu sois un cobaye?

– Dieu n'a rien à voir avec ma misère, si ce n'est un amas d'erreurs que j'ai accumulées pendant ma jeunesse et voilà que je suis en train de payer durant ma vieillesse. La misère et moi sommes comme des sœurs jumelles, elle ne me quitte jamais et nous sommes très fidèles. Je l'ai côtoyée toute jeune, je l'endure dans un silence éternel. Parfois, avec souffrance et d'autres fois avec sérénité pour supporter les joies de la vie émanant de ce monde cruel.

– Et toi richesse dont le ventre est si plein, tu te portes si bien. Es-tu au moins heureuse ?

– Oh que non, l'argent ne fait pas le bonheur, mais il évite l'atrocité de la misère, de la détresse et du désespoir. Je ne suis entourée que par de faux amis qui ne cherchent qu'à m'extorquer à tout prix. Et toi, pauvreté, as-tu des amis ?

– Oh que oui, j'en ai une seule, la solitude; elle et moi sommes inséparables. Elle m'aide à passer à travers les moments exécrables.

– Toi, qui connais si bien la galère, quelle définition pourrais-tu donner à la misère ?

– La pauvreté est un plat de misère concocté avec de l'amertume, du dégoût et du désespoir. Pour l'adoucir, ajoutez sel et poivre au goût, et pour mieux le savourer, accompagnez-le de déboires. La pauvreté est un malheur qui s'éternise dans la misère, déboussolée, elle s'égare dans un monde austère.

– Et toi, richesse, comment te définis-tu ?

– La richesse est une opulence qui n'est guère éphémère, plus elle a de l'argent et plus elle s'enrichit dans le monde des affaires.

– Dis-moi, pitoyable pauvreté, que fais-tu de ta vie ?

– Je me la farcis en douceur dans un monde saturé de misère.

– Viens donc que je t'exploite en te compensant avec des miettes. Ainsi, tu vivras comme une mouette, tu auras un abri de fortune et tu te contenteras de savourer l'amertume. Ne sois pas si triste, tu t'habitueras et de la misère point tu ne sortiras, mais oisive guère, tu ne resteras.

– Que c'est généreux de ta part de profiter de moi et de m'exploiter en m'offrant une jolie mare alléchante à miroiter. La tentation fut si grande que je cédasse éperdument à son offrande.

Soudainement, la richesse fut prise par un désir ardent de consulter la classe moyenne. Est-ce un remords causé par un sentiment de culpabilité passager ou est-ce une mise en scène d'un boniment à envisager ? C'est alors qu'elle alla à sa rencontre et à sa grande surprise, elle la trouva dans un état squelettique et piteux, en train d'agoniser. Ainsi, elle s'exclama :

– Ô toi, ma pauvre amie que t'est-il arrivé pour que tu sois dans un tel état ?

– Es-tu en train d'insulter mon intelligence en t'apitoyant sur mon sort ? Ne vois-tu pas que tu nous as causé assez de tort ? Et chaque gouvernement qui passe n'hésite pas une seule seconde à nous plonger dans une impasse. Alors que toi, tu t'engraisses à notre détriment et, à l'étranger, tu t'amuses à créer des entreprises bidons, tu camoufles ta richesse dans des paradis fiscaux et grâce à cela tu paieras désormais moins d'impôts. Tu participes généreusement au financement des Partis politiques et tu attends d'eux qu'ils te renvoient l'ascenseur, un prix à payer fort astronomique.

Quant au gouvernement qui me considère comme sa vache à lait, il trouve que je suis encore assez grassouillette à son goût en m'annonçant ironiquement que je lui plais. Quand le temps des élections fut venu, le gouvernement nous a promis ciel, terre et une lumière au bout du tunnel. Une mascarade subtilement voulue, dotée d'une ambiguïté absolue. Mais, une fois que ce dernier fut élu, il nous annonça que le temps du père Noël était révolu, et que cela était de notre faute si nous avions gobé ses promesses farfelues. La classe moyenne sidérée et désappointée, rejoignant sa petite sœur, qui est la pauvreté, main dans la main vers un avenir incertain. En balbutiant, nous sommes victimes d'une politique d'austérité, dont la richesse tire les ficelles en arrière-scène pour nous appauvrir davantage, quelle réalité obscène ! Un gouvernement qui improvise et dont l'amateurisme est sa devise, nous traite comme des gredins, une regrettable situation qui n'a rien d'anodin. Que sommes-nous aux yeux du gouvernement en place ? Si ce n'est qu'il déteste intolérablement notre misérable classe. Tandis que la pauvreté qui situait sa grande sœur comme une espèce en voie d'extinction, lui présenta toutes ses condoléances en guise de solidarité, en déplorant fort bien la dégradation de ses modalités. C'est alors qu'elle décida de plaider en sa faveur, auprès des autorités. Mais ces dernières réfutèrent sa requête du revers de la main, en argumentant que nous sommes entrés dans une nouvelle ère qui marquera le début de la fin. La bourgeoisie oublia ses remords et salua sa décision en levant son verre, mais ce qu'elle ignorait, c'est qu'aussitôt que la vache à lait sera à terre, son tour viendra pour se faire bigrement traire ».

Le riche et le pauvre

Riche et pauvre, deux classes opposées

La première est une huppée à son apogée

Quant à la seconde, elle n'est pas supposée

De sa frustration, elle deviendra une névrosée

Le riche vit dans la prospérité et l'opulence

Le pauvre, en ruine, souffre de carences

Le riche, avec abus, exploite le pauvre

Vénéré et célèbre, il lui donne des ordres

Le pauvre est coincé dans un énorme trou

Dénué de confort et il ne vaut pas un clou

Une opportunité pour l'esclavage moderne

Avec un salaire de misère pour sa gouverne

Riches et pauvres ne sont point solidaires

Les uns envers les autres sont bien austères

La classe moyenne survit entre les deux

Ainsi, elle paie les pots cassés pour eux

Exploitée par l'un en payant pour l'autre

Elle s'exclama, misérablement vôtre

Ainsi donc la classe pauvre en souffre

Quant à l'autre, elle est dans le gouffre

Changer le monde n'est pas possible

Mais vulgariser ce phénomène est plausible

Pour l'État, un jour ça sera audible

Quand elle fera de la misère, une véritable cible

La maladie du siècle telle est la pauvreté

Qui plonge le monde dans l'obscurité

Nous passons notre vie à courir après l'argent

En oubliant les valeurs et l'entregent

Les relations humaines n'ont plus leur place

La raison d'être est vouée à la casse

L'argent n'a pas d'odeur ni de couleur ni de pitié

Un risque imminent pour briser l'amitié

Pour l'argent, on oublie nos principes

On change de veste ainsi que de type

La cupidité nous conduit à la perte

On devient immoral et insensé certes

Pour l'argent certains s'entretuent

Ils perdent la raison et deviennent obtus

La maladie de l'argent est incurable

Elle est contagieuse et incontrôlable

Même si on en a, on en veut encore

Un désir obsessionnel qui nous dévore

La surconsommation ravage notre esprit

Et la publicité qui nous hypnotise avec défi

Un nouveau produit, un nouveau besoin

Indispensable qu'il faille acheter néanmoins.

Le rêve

Après un bref silence marquant la fin du poème, l'ovation du public submergea la salle avant que le silence ne revienne. Un auditeur leva la main et son interlocuteur lui céda la parole d'un signe approbateur. Alors le monsieur lui dit :

– M. Durand, que pensez-vous du rêve. Et qu'en est-il d'un beau poème à cet effet ?

Le conférencier s'avança vers le lutrin et en décrochant le micro, il marqua un moment de silence avant de s'élancer dans le vif du sujet.

« Le rêve est une activité cérébrale qui se déroule durant notre sommeil et qui est hors de notre contrôle. C'est un état d'esprit psychique qui se déclenche durant la phase du sommeil paradoxal. Quand il se produit durant le sommeil profond, on ne se souvient de rien, mais quand il se produit durant le sommeil léger, on se souvient à notre réveil, de quelques fragments de l'histoire que notre esprit nous a fait vivre. Quand on rêve, on ne se pose pas la question si ce rêve est vrai ou pas. On se laisse guider par notre instinct. Le cerveau continue à fonctionner même durant le sommeil, il nous plonge dans l'imaginaire, en empruntant des séquences de certains faits que nous avions vécus dans un passé récent, et qu'il mélange parfois avec d'autres faits qui surgissent d'un passé lointain.

Des histoires abracadabrantes que nous vivons dans un monde fantastique, parfois en sautant d'une époque à une autre et parfois en sautant d'une histoire à une autre. Le rêve est un voyage spirituel dans un monde magique, dénué de toute raison ou logique, il nous plonge dans un monde irréel et fantastique. Il n'a ni frontière ni barrière, il est le roi des contes éphémères. Quant à la notion de temps, il n'a que faire. On ne peut guère commander un rêve, ni conclure avec lui une trêve, c'est lui qui vient vers nous, pour nous plonger dans le monde des songes, un monde aussi extravagant qu'étrange. Une machination ou une intrigue dans laquelle le cerveau sillonne, une histoire burlesque que souvent, il fredonne, une pièce théâtrale ou un court-métrage inachevé ou un cours d'eau entravé par une levée. Un mirage obnubilant dans l'imaginaire, parfois, il nous enchante et parfois, il nous sidère.

Les songes

Rêver pendant son sommeil

Plonger dans un monde de merveilles

Voyager à travers le temps

Sans se déplacer pour autant

Soit dans le passé, soit dans le futur

Parfois, une histoire qui perdure

Des fois, elle est plaisante et brève

Aussitôt qu'elle débute, elle s'achève

À tête reposée, je me mets à rêver

Un laps de temps après avoir cuvé

Dans un monde étrange et fantastique

Parfois burlesque et parfois pathétique

Des fragments dont je me souviens

Mais parfois, je ne me rappelle de rien

Rarement le même rêve se répète

L'histoire peut être ambiguë ou nette

Souvent, des séquences inachevées

D'étranges scénarios à pied levé

En changeant de lieux spontanément

Ainsi que de temps momentanément

Le temps et l'espace n'ont pas d'importance

Dans un univers exempté de conséquences

Mon cerveau se paie ma tête pendant que je dors

Une distraction que je lui concède sans remords

Alimenté par des histoires amplement biscornues

Il divague dans un monde imaginaire et saugrenu.

L'amour

À la fin de sa prestation, la salle fut inondée par un bruit assourdissant provoqué par les applaudissements des auditeurs qui réclamèrent un autre thème. Il n'eut point d'autre choix que de céder à la tentation ainsi, il calma la foule en leur accordant une autre opportunité. Une auditrice hissa la main en se levant, afin qu'elle puisse être remarquée par le conférencier, c'est alors qu'il lui accorda la parole.

– M. Durand que pourriez-vous nous dire sur l'amour ? Et quel poème pourriez-vous nous improviser à ce sujet ?

Le conférencier prit quelques gorgées d'eau, le temps de prendre une brève pause avant de s'élancer dans le sujet.

« L'amour est tel un champ de coquelicots, de chrysanthèmes et d'amaryllis au milieu duquel des orchidées vivent en harmonie. Elles dansent une valse avec amour à la musique du vent, le bruit des champs attirant les colibris, en picorant le pollen, elles provoquent une prémisse. Un jardin d'Éden parsemé de fleurs s'offrant aux abeilles en faisant d'elles, à leur insu, un messager d'amour.

Une plante qui manipule un oiseau ou un insecte, avec délicatesse et sans détours, un sentiment de désir qui la hante pour toujours, une raison d'être pour toutes les créatures, un merveilleux cadeau offert par la nature. C'est un cours d'eau qui se jette dans la rivière ou une graine de riz qui pousse dans la rizière, il n'a pas de prix et l'argent ne l'achète pas, souvent les humains en font un appât, mais paradoxalement, c'est l'argent qui le détruit, il s'érode, il s'achève et il s'enfuit. Le printemps qui arrive, c'est la saison des amours. Le pélican, en dansant, chante avec humour, un spectacle inédit qu'il offre à sa femelle, pour l'attirer et l'émerveiller de plus belle ; ou un homme à sa douce moitié à laquelle il fait la cour, ils s'embrassent, ils s'étreignent et ils font l'amour. C'est une attirance réciproque et inconditionnée de deux êtres fidèles, main dans la main en empruntant un sentier éternel.

Un art impressionniste qui s'étale le long de l'étendue, dans un univers inconnu et complètement éperdu, un amour captivant avec le temps, il se meurt dans la poussière, quand les deux amoureux rendent l'âme après avoir vécu une vie entière.

L'amour

L'amour est un ruisseau courant

Qui s'éternise tout en le savourant

Il fredonne une mélodie dans la nuit

Il nous délivre de nos petits ennuis

En coulant, il se fraye un bon chemin

Il élude les obstacles et survit au destin

C'est une étoile de la Voie lactée qui n'a pas de fin

Avec des bisous, des caresses et des câlins

Il ne se possède pas, mais il s'apprivoise

Il s'écrit et il s'efface telle une ardoise

Une chandelle qui s'éteint et se rallume

Ou un oiseau rebelle qui perd ses plumes

C'est une vertu innée et naturelle

Qui étaye aussi notre vie avec zèle

Un cocktail de tendresse et de délicatesse

Qu'il faut entretenir souvent avec adresse

Il nous épanouit et nous facilite la vie

Par sa fragilité, il a besoin d'un bon suivi

Si vous semez un grain de tendresse

Vous récolterez une moisson de finesse

C'est un désir concocté avec du plaisir

Donnant naissance à un joyeux délire

C'est un sacrifice que l'on fait pour autrui

Pour ne pas sombrer dans le fond du puits

Il nous apprend à nous côtoyer avec civisme

Pour enfin se départir de notre égoïsme

Il nous bat et nous met à nu avec humilité

Il nous apprend aussi la simplicité

Il est très délicat et n'a pas de couleur

Un plat succulent à savourer avec ardeur

Il arrive des fois qu'il nous blesse

En truffant notre cœur de tristesse

Un chagrin d'amour qui s'éternise

Pour l'oublier, il faut lâcher prise.

Une poésie si époustouflante qu'elle subjugua le public qui s'élança dans des applaudissements cordiaux avant que le conférencier ne reprenne la parole en lui disant :

– Vous êtes un public majestueux et je vous remercie du fond du cœur, au revoir à vous tous et à bientôt, je l'espère ! ».

Les défauts et les qualités chez les humains

Un mois plus tard, il se rendit en Belgique et donna une conférence à Bruxelles. Sa réputation l'a tellement précédé qu'il n'eut point d'obstacle quant à l'organisation de sa conférence. À sa grande surprise, quand il fit apparition dans la salle, il constata qu'elle était truffée de gens. Il s'avança vers l'estrade en direction du lutrin, quand il atteignit le micro, il eut droit à des applaudissements chaleureux. Lorsque le silence revint dans la salle, il salua la foule en la remerciant de l'intérêt qu'elle manifesta à l'égard de sa conférence en s'exprimant de la sorte :

– Bonjour mesdames et messieurs, je suis honoré par votre présence et heureux d'être parmi vous aujourd'hui. Ainsi je vous remercie et que la conférence commence!

Une auditrice leva la main pour prendre la parole, il acquiesça avec un geste éloquent et la dame lui dit :

– Que pourriez-vous nous dire sur les défauts et les qualités chez les humains ? Et quelle poésie pourriez-vous nous offrir à ce sujet ?

Après quelques secondes, le conférencier ébaucha le sujet en répliquant ainsi :

« À sa naissance, un bébé est un ange, il est comme une page blanche, il ne sait ce qu'est le mensonge et il ignore les autres défauts dans toutes leurs variétés. Il tombe et il se relève, il pleure, il rit, il mange et il grandit. Il apprend, il forge son caractère et il devient hardi. Avec le temps, il développe ses défauts en rejoignant le rang des humains. Il devient alors un être imparfait et à travers la futaie, il se fraye un chemin.

Selon la culture et le milieu dans lequel il vit, les valeurs diffèrent et deviennent un acquis. Ainsi la perception et l'interprétation des choses varient, son esprit et sa pensée sont façonnés avec harmonie.

Avec le temps, il apprend à distinguer le bien du mal en choisissant sa destinée entre le propre et le sale, à respecter ou à déroger des règles à sa guise, selon son choix, ou il progresse ou il s'enlise.

L'hypocrisie est un acquis chez les humains, cependant le degré diffère d'une personne à une autre. La face cachée de la misère mentale des gens fait d'eux les champions de toutes catégories dans l'hypocrisie. L'hypocrisie est l'audace de pouvoir mentir à soi-même. Certains êtres humains n'ont pas froid aux yeux, si ce n'est seulement la peur qui les remet sur le droit chemin. La bêtise humaine dépasse de loin l'imagination et la misère humaine est inimaginable. La manipulation chez l'homme est une pratique courante qu'il maîtrise à merveille.

Le négativisme est l'art de percevoir l'évolution à l'envers.

La conscience humaine est remplie de haine et de misère, l'opportunisme, l'arrivisme et l'exploitation des autres sont la raison d'être des profiteurs.

La convoitise est une chandelle qui se consume jusqu'à sa propre destruction.

La calomnie est le moyen le plus efficace pour se faire valoir aux yeux des autres, quand on n'a rien dans la tête.

Le bonheur est l'art de savourer le moment présent. Le degré de la volonté de l'homme reflète la force du caractère qu'il a.».

Les défauts et les qualités

Bien des gens désormais n'ont pas de classe

Riches ou célèbres, peu importe quoi qu'ils fassent

La classe est une qualité qui ne s'achète point

Si on l'a, il faut simplement en prendre soin

Elle est innée, mais pas chez tous les humains

Essayer de se l'approprier serait encore vain

L'honnêteté est une vertu bizarrement rare

Dont les humains sont amplement avares

La bonté est une vertu intarissable

Elle est aussi une raison d'être viable

L'altruisme est une qualité humaniste

Qui n'existe que chez les pacifistes

L'empathie est une prise de conscience

Qui rapproche les humains dans le silence

L'hypocrisie est un défaut commun

Sans exception chez l'homo sapiens

Elle existe en nous et personne ne s'en plaint

Une petite vie qui baigne dans un train-train

Le mensonge est un défaut qui dérange

Mais mentir par obligation ça nous arrange

La calomnie est un défaut stupide et vilain

Un faux plaisir malheureusement sans gain

La cupidité est un défaut grotesque et malin

Elle précipite son auteur dans un grand ravin

C'est une avidité fortement incontrôlable

Dont le sujet est doué pour être lamentable

La jalousie est un défaut subtil et inutile

Et une dépravation certainement futile

La vanité est une absurdité qui s'éternise dans une couffe

Pour son auteur, ce n'est pas la modestie qui l'étouffe

Quant à la discrimination raciale

Elle constitue une hégémonie bestiale

Une fatalité et une distorsion de l'ordre social

Ayant des conséquences cruciales

Elle est indéniablement immorale

Elle constitue un fléau d'ordre mondial.

Le réchauffement climatique

À la fin de son allocution, un bruit intense d'applaudissements submergea la salle avant que le silence ne reprenne les rênes d'une manière vitale. Avec hâte, une auditrice leva la main, d'un signe approbateur, le conférencier lui accorda la parole.

— M. Durand, que pourriez-vous nous dire sur le réchauffement de la planète Terre ?

C'était un sujet qui lui tenait à cœur de sorte qu'il attendît avec impatience qu'un jour quelqu'un puisse l'aborder. C'est alors qu'il prit la parole dans un état d'esprit serein en amorçant le sujet avec une alacrité tant attendue :

« Qui pourrait prétendre qu'un jour toute personne n'aurait pas accompli un geste vertueux envers ses semblables, envers des animaux ou tout simplement envers la nature. Un acte de bravoure qui sort de l'ordinaire, un acte inhabituel mais normal et enviable. Il suffit d'un petit geste pour changer le cours des choses.

Mais l'homme est occupé à soigner son image, sa petite personne, à assouvir ses besoins et tout le reste n'a pas d'importance, mais d'un autre côté, ce n'est pas tous les humains qui doivent ou peuvent ressembler à mère Teresa et à bien d'autres.

Ce serait un monde idéal, parfait, mais l'être humain n'est pas fait pour être parfait, c'est pour cela d'ailleurs qu'il est humain.

D'autre part, un monde meilleur que celui où nous vivons, serait une vision reculée dans un futur lointain, quand l'être humain aura atteint l'apogée de ses capacités intellectuelles.

La planète bleue est magnifique par sa vitalité, un bijou précieux dans notre univers, elle diffère des autres et jouit d'une immortalité. Ayant survécu à toutes les misères, elle a donné naissance à la flore, à la faune et aux humains, c'est alors qu'elle devient notre mère.

Un cadeau du ciel aussi énigmatique que divin, la combinaison de l'air, de l'eau, de la terre et de la lumière. Elle est si généreuse par sa diversité et admirablement juteuse par son acuité. Elle nous a offert des paysages à couper le souffle, une prodigieuse nature sauvage qui nous époustoufle. Des lacs, des rivières et des fleuves interminables ; des montagnes, des plaines et des déserts pleins de sable. Des phénomènes extraordinaires qu'elle nous a offerts comme spectacle, pour nous rappeler que nous sommes ses enfants et qu'elle est notre oracle. Dans les pays nordiques, le froid épouse la neige et dans les pays chauds, la pluie dévoile son manège. Durant la nuit quand la neige tombe avec adresse sur ses pattes de colombe, elle se défile à travers les lampadaires, un spectacle qui se déroule en plein air. Le printemps se faufile en douceur pour se frayer un chemin avec ardeur, les bourgeons réapparaissent encore et les oiseaux sont heureux de regagner le nord. De loin, je les entends chanter, danser, sauter et se vanter du retour du beau temps et de la verdure, un paysage éphémère, mais de bon augure. Dans les champs, les tiges de blé encore molles et verdoyantes, dégagent une odeur agréable et attrayante. Les ruisseaux se faufilent à travers la prairie en murmurant un clapotis tumultueux et inébranlable, tandis que les buissons en frémissant tel un instrument de percussion, en harmonie avec la musique de l'eau. Du haut des arbres, les oiseaux dirigent l'orchestre avec leurs agréables gazouillis, alors que le merle flûte derrière la scène, en marquant une pause dont le rossignol profite pour gringotter, pendant que la tourterelle caracoulait.

Les cieux s'obscurcissent en esquissant un horizon écarlate, quand le soleil a préludé son coucher en forçant la flore et la faune à s'adapter à son caprice usité.

L'été arrive, la nature devient mûre et de la chaleur du soleil nous avons une cure. Le ciel bleu et le beau temps qui perdure, de temps en temps de la pluie et parfois des canicules, et même si la nature se déchaîne, il faut prendre du recul. Une saison agréable et par sa fugacité, elle se fait désirer. De par ses souvenirs nostalgiques, nous ne cessons point de l'admirer.

L'automne survient avec sa fraîcheur en nous annonçant ses couleurs, un agréable décor de feuilles rouges, jaunes, vertes, tel un beau tableau d'Auguste Renoir, certes. Munie d'un pinceau invisible et virtuel, la mère Nature excelle dans l'art visuel. L'été indien réapparaît subitement, un répit de chaleur que la nature nous accorde brièvement.

Notre planète est malade, et cela, par notre faute ; un manque de respect total à l'égard de notre hôte, un potentiel irrationnel d'ignorance chez l'être humain, ou une inconscience collective qui chavirera son destin.

Nous devons tous un profond respect à mère Nature qui est la source de vie indiscutable de toutes les créatures. Des enfants de la Terre que nous sommes tous d'ailleurs, et de notre insouciance surgiront un jour nos malheurs.

Une si belle planète que mère Nature nous a offerte, elle nous a donné la vie avec véhémence certes, mais nous sommes en train de la détruire et de la ravager avec nos guerres et nos discordances, un peuple qui est si habile dans son ignorance ; sans parler des autres formes de destruction que la Terre subit tous les jours, un dégât irréparable qui se retournera contre nous pour toujours.

Méritons-nous vraiment cette Terre que nous sommes en train de détruire à petit feu ? Aveuglément égoïstes que nous sommes, que c'est piteux ! Nous sommes encore des sauvages dont l'aspect humain dispose d'une façade hypocrite appelée civilité. Nous faisons la politique de l'autruche en dissimulant la vérité.

La terre a été dépouillée de toutes ses richesses, il en reste encore un peu, mais pour combien de temps ? Ce qui importe pour l'homme, c'est surtout sa prouesse, mais pour ce qui est du reste, ce n'est que du vent.

Le prix que la Terre paie, en se faisant dépouiller par des gens sans scrupules qui outrepassent les normes, est énorme.

La déforestation massive de la planète, les gaz à effet de serre et la pollution reflètent le degré supérieur de l'impéritie que les humains ont atteint. Victime du malheur de la cupidité, l'homme a enfreint les lois de la nature.

En conséquence, il résultera son réchauffement graduel, qui nous plongera dans une agonie éventuelle. Les turbulences ainsi que les changements climatiques que nous subissons en permanence, nous relatent un avenir incertain et par conséquent, un jour, nous serons tous victimes de notre propre indifférence.

Une fois par an, nous fêtons le jour de la Terre et pendant tout le reste de l'année, nous l'empoisonnons avec du gaz à effet de serre.

La Terre n'appartient à personne, mais en même temps, elle appartient à tout le monde. Une merveille qui nous a donné la vie pourtant, nous n'avons aucun respect à son égard.».

– Permettez-moi de vous divertir par cette humble poésie qui ne prétendra nullement être prédicatrice des événements dramatiques que notre merveilleuse Terre subira en conséquence de la disgrâce de l'humanité.

La Terre

Notre planète est bigrement malade

Le fiasco de Kyoto et les conférences de salades

La couche d'ozone est en détresse

Aux yeux des autres rien ne presse

Les déchets et les gaz à effet de serre

Ont fait des ravages sur la planète Terre

Avidité et exploitation incontrôlée

Politique de l'autruche et danger ignoré

Le réchauffement climatique est inévitable

La planète sera imprévisible et instable

Le pire est à venir et ce n'est que le début

Nous paierons les conséquences de nos abus

Les funestes vestiges de la misère

Que deviendra la planète Terre

Elle sera aride et rien qu'un désert

À cause des gaz à effet de serre

Les icebergs fondront dans la mer

Alors que les pays riches n'ont que faire

Bien des îles disparaîtront un jour

Elles seront immergées pour toujours

Le niveau des océans augmentera encore

La nature se déchainera en un temps record

Des tsunamis, des typhons et des cyclones

Elle nous rendra la vie difficile et monotone

Le réchauffement de la planète durera longtemps

Suffisamment pour nous faire oublier le bon temps

La cupidité de l'homme le conduira à sa perte

Devant mère Nature, il sera impuissant et inerte

Il n'y aura pas de trêve ni de répit ni de pause

Et aucun moyen de conclure avec elle une clause

La vie deviendra impossible et aussi morose

L'homme aura accompli sa mission en grandiose

Nous vivons une véritable sale époque

Armes de destruction massive en stock

Le manque de conscience sociale et mondiale

Une conséquence qui lui sera bien fatale

Son inconscience fera de lui un naufragé

Une vie précaire qu'il sera vite outragé.

Jeunesse et vieillesse

La conférence a pris fin, après un long discours sur la Terre. Cette prestation fut tellement impressionnante pour les auditeurs que d'enthousiastes applaudissements éclatèrent. Deux semaines plus tard, il donna une autre conférence à Namur, la salle était pleine, car les auditeurs étaient avides de l'écouter afin d'étancher leur soif dans d'autres sujets à travers sa poésie.

Un auditeur leva la main en premier et le conférencier lui fit signe de prendre la parole.

– M. Durand, que pensez-vous de la jeunesse et de la vieillesse ? Et quel agréable cadeau pourriez-vous nous offrir en guise de poème sur ce sujet ?

« Si la machine à explorer le temps avait existé, j'aurais aimé voyager dans le futur, je serais curieux de savoir ce qu'il adviendrait de moi dans 40 ans. Peut-être que je me verrais marcher à l'aide d'une canne, le contour des yeux ridé, à peine si j'arriverais à parler. Je marcherais en douceur de peur de tomber en me cassant une dent ou une jambe. Tout cela m'aurait fait peur. Eh oui, me retrouver traversant une chaussée à pas de tortue, de sorte que, l'automobiliste ait dû souffrir d'angoisse de m'avoir cédé le passage. Je n'aurais jamais imaginé que je serais dans cet état en train de survivre au jour le jour. Je me verrais tenir à la vie, chaque instant que je vivrais, serait une gracieuseté de la mère Nature. Devenu un vieil homme qui ne se poserait plus de questions, je suivrais le courant et je me laisserais aller, quoi qu'il en soit, je n'aurais point d'autres choix.

Je me promènerais à travers le temps ; ce temps qui m'aurait rendu vulnérable, si vieux, si usé et fatigué. J'essaierais de me rappeler des souvenirs lointains, mais il ne me resterait que des débris et rien de clair. Quand j'aurais pensé à un souvenir, une autre idée viendrait effleurer mon esprit. À son tour, elle aurait chassé mon dernier souvenir et peu après je ne me souviendrais de rien. De toute façon, je n'aurais pu rien y changer, hormis, contempler le spectacle et me laisser aller, suivre le troupeau et ne pas me poser de questions ni comprendre le pourquoi de la chose.

La jeunesse est une virginité qu'on perd en vieillissant, ou un filon d'or parmi les roches apparaissant dont les pépites s'effritent avec le temps et l'érosion ; emportées par un courant d'eau en se déversant dans une rivière, pendant des années, elles restent intactes et entières. C'est une énergie mirobolante qui hante nos veines, en plongeant dans l'eau, on nage comme une

sirène ; tel un dauphin heureux qui danse dans l'eau, il se dresse, il saute ou il nage sur son dos, ou un poulain naissant après une heure à peine ; il se lance dans une ruade, il court et il freine, pour célébrer sa joie de vivre avec espoir, un souvenir lointain qui demeure dans nos mémoires. C'est un oisillon qui reste au nid pendant quelques semaines, en grandissant, il s'élance pour s'envoler au-dessus des plaines.

La vieillesse est une sagesse et la jeunesse est une prouesse. La vieillesse est une barrière de corail ornée de toutes les couleurs, de par sa fragilité, la délicatesse est de rigueur ; un monde magique s'épanouissant au fond de la mer, en empruntant des fois la forme d'une élégante fleur. C'est un fruit succulent en mûrissant, il fond dans la bouche, ou un beau coucher de soleil qui disparaît en douce ; une érosion inéluctable du corps avec le temps et un manque de souplesse fort important. La jeunesse est un reflet de lumière survenant brusquement au début de l'aurore, comme un petit poussin ou une fleur qui éclore, et la vieillesse est un guide suprême ou un mentor. La fleur de l'âge est un torrent d'énergie qui embellit le visage, la vieillesse est une synergie de présages ornée de finesse. Si jeunesse avait su que son avenir aurait dépendu de son passé et si vieillesse avait pu reculer dans le temps pour le changer sans se lasser.».

Jeunesse perdue

Jeunesse perdue et vieillesse déçue

Dans un rêve égaré et sans aucune issue

Un tas de souvenirs dans nos mémoires

Qui réapparaissent souvent sans espoir

Tenter de revenir dans le temps passé

Afin de le remodeler ou l'effacer

Ce n'est qu'un mirage éphémère

Un rêve ou une pensée imaginaire

Ô sagesse que devrais-je faire ?

Faut-il aller de l'avant sans se distraire ?

Vivre le moment présent et penser au futur

Et remonter le courant en étant de bon augure

Ainsi, le présent qui rejoindra le passé

Il sera un souvenir de plus à entasser

Et le futur deviendra le présent

Un moment crucial à vivre avec raison

La vieillesse ne peut pas retrouver sa jeunesse

Une tristesse à admettre avec noblesse

Ce n'est point un problème de maladresse

Mais reculer dans le temps relève de l'ivresse.

Quand il eut terminé son poème qui prédisait la fin de la conférence, les applaudissements éclatèrent dans la salle exprimant la satisfaction des auditeurs. Il remercia le public avant de s'esquiver derrière les coulisses.

Le silence du désert

Trois semaines plus tard, il fut invité par des amis à la principauté de Monaco. Ils l'aidèrent à organiser une conférence qui se déroulera à Monte-Carlo.

La salle était bondée d'auditeurs gloutonnement impatients d'emprunter le sentier de l'improvisation dont ils seront les maîtres absolus, en ce qui concerne le choix des sujets.

Il se présenta devant les auditeurs en déclarant :

– Bonjour Mesdames et messieurs, que le plaisir fasse de moi un homme comblé en étant parmi vous aujourd'hui, de ce fait, acquiescez que je déclarasse le début de la conférence.

Après une vive acclamation qui inonda la salle, le mutisme prit la relève en annonçant le commencement de la conférence.

Un auditeur hissa la main et le conférencier approuva en lui accordant la parole.

– M. Durand, que sauriez-vous nous relater à propos du désert ? Et quelle poésie nous réserveriez-vous pour sustenter ce sujet ?

Le conférencier s'approcha du lutrin et en décrochant le micro de son support, il entama le thème :

« Le désert est une étendue de sable dont le silence est roi, doté d'une puissance inéluctable en imposant ses lois ; par son silence, il demeura apathique, victime du temps, il devint pathétique.

Des dunes de sable à perte de vue et d'une chaleur acharnée dont il est pourvu. Le prince du désert est aussi le vent. Ayant le pouvoir de façonner les ergs bien souvent. Il fait danser le sable à la musique qu'il veut, un cavalier hors pair et parfois coléreux. Un soleil ardent et une chaleur intense, incitant les reptiles à entrer en transe. Le temps est l'autre prince coriace, il est immuable et armé d'audace, il ne compte pas et il est indomptable ; par sa persévérance, il est insurmontable. Le roi et les deux princes furent les souverains du désert, de loin, ils admirèrent la scène de leur belvédère.

Le roi se leva de son trône les mains en l'air, il prêcha son prône en pressurant un message clair, il s'exclama avec un ton bigrement sévère ; en formulant :

oh ! Grand désert, je suis le maître suprême et tu es mon esclave, je fais de toi mon harem au sein de mon enclave. Je suis le seigneur de tous les temps, de la lumière et des vents. Pourvu du salut éternel, ainsi donc pour autant, tu me resteras fidèle ; tout comme mes deux princes, je serai immortel. Je suis votre guide suprême et vous êtes mes sujets, ainsi de votre sort, il m'incombera d'en juger.».

Le désert

La porte du désert s'ouvrant sur du sable

Un paysage merveilleux et digne des fables

Une belle étendue à perte de vue

Sable doré dont elle est fort pourvue

La nature nous épate avec ses merveilles

Une création qui ne date pas de la veille

À l'aurore, il fait un froid intense

La chaleur revient dés que le soleil s'élance

Des dunes de sable remodelées par le vent

Surgissent subitement au soleil levant

Un décor malléable figé dans le temps

Subsistant encore, et ce, depuis longtemps

Des formes pyramidales en parfaite harmonie

Des figures différentes contrant la monotonie

Du sable ondulant le long des monticules

Dansant au rythme du vent dont il fabule

Dans le désert, le temps n'a plus de valeur

Il ne compte pas et il n'est pas de rigueur

Le bruit du silence absolu est mirobolant

Il est aussi formidable qu'époustouflant

Parfois brisé par de vives rafales de vent

Par sa mélodie sifflante qui va de l'avant

Donnant naissance à un nouveau tableau

Un nouveau paysage encore plus beau

Un cycle interminable de tempêtes de sable

Un phénomène naturel et implacable

De loin, j'aperçois une caravane qui passe

Gravissant la crête de la dune sans lasse

Longeant le fameux désert à la file indienne

Poursuivant son chemin quoi qu'il advienne

Parfois, j'entends des balbutiements de voix

En cassant le silence encore une fois

Furtivement, la caravane disparut

En entrainant avec elle sa cohue

Le silence reprend les rênes du pouvoir

En se délectant de ses moments de gloire

Le silence interminable de la solitude

Engendrant un refrain qui souffre de l'habitude.

La contemplation de l'univers

Quand il eut fini son poème, les applaudissements surgissent dans la salle pour souligner l'exultation des auditeurs. Après que le silence fut revenu, une auditrice leva la main, un geste qui lui vaudra la bénédiction du conférencier.

– M. Durand, j'aimerais que vous nous parliez de la Voie lactée et de l'univers en ornant le sujet d'un fascinant poème.

Le conférencier fut ravi d'aborder un tel sujet qui figurait parmi ses thèmes les plus favoris. Son visage exprimait une réjouissance, en dégageant un demi-sourire du bout des lèvres, quand il amorça le sujet avec aisance : « Une merveilleuse spirale qu'est la Voie lactée, un disque sidéral fascinant et miroité, abritant des milliards d'étoiles éparpillées dans notre éclatante galaxie, harmonieusement, sa place dans l'espace est éperdument axée.

Un phénix qui hante l'univers avec indolence, ou d'innombrables étoiles en effervescence. La magie du cosmos dont le mystère demeure perplexe, dans un multivers aussi extravagant que complexe. Un chef-d'œuvre fastueux d'un artiste inconnu, dans une toile tout à fait invisible à l'œil nu. Elle sillonne l'univers avec enchantement, elle danse en s'enroulant avec envoûtement. Elle est immature et en expansion, elle s'obstine et elle perdure dans son ascension. Nous ignorons sa dimension par rapport à l'univers, et nous ne connaissons pas encore l'étendue de ses frontières. L'univers est une jungle dense, saturée d'arbres dont les branches représentent des galaxies, et les feuilles sont des étoiles et des planètes, grand nombre parmi elles souffrent d'anoxie. L'espace est immensément indéfini et le cosmos est astronomiquement infini. La Terre est comme une aiguille dans une botte de foin et la Voie lactée est une faramineuse étoffe de coton, un grège ou un satin. Qu'en est-il de l'exploration de l'espace ? Elle ne sera point de notre époque hélas.».

L'univers

Ma contemplation à l'égard de l'univers

Reste sans réponse si ce n'est un mystère

Au balbutiement de la découverte de l'espace

Que de théories en faisant assidûment du surplace

Pour lors, que nous savons que le multivers existe

Une complication de plus qui se pose et persiste

L'espace n'est point vide mais seulement vivant

Toujours en expansion en allant de l'avant

La matière noire, le boson de Higgs et j'en passe

Ainsi que d'autres phénomènes qui nous dépassent

Des milliards de galaxies dans notre univers

Que dira-t-on de ce qui existe dans le multivers ?

Nous ignorons s'il existe d'autres civilisations ailleurs

Et nous ne sommes pas sûrs d'être seuls dans l'univers.

Les oiseaux et les animaux marins

Lorsqu'il eut terminé son poème, un faramineux applaudissement retentit dans la salle avant de céder la place au silence.

Une auditrice s'empressa de lever la main en espérant être choisie pour poser sa question. Ainsi, il lui fit signe en guise d'approbation.

– M. Durand que pourriez-vous nous dire sur les oiseaux et les animaux marins ? Et quel poème approprié que vous puissiez nous faire part en conclusion.

« Les frégates magnifiques, les pélicans et les albatros vivent heureux aux îles Galápagos ; des îles escarpées et isolées, un paradis terrestre et inviolé. Les tortues, les iguanes terrestres ou marins ainsi que les pingouins, se côtoient en harmonie dans le même coin. Une diversité hallucinante d'oiseaux et d'animaux marins, qui se partagent les proies de leur butin. Un théâtre de verdure qui est aussi grandiose, dont les animaux marins jouissent en toute symbiose. Du haut de la falaise, les oiseaux et les iguanes sont aux premières loges ; les otaries, les pingouins et les manchots, occupent l'avant-scène, et derrière la scène se cachent aussi les requins et les baleines.

Ils assistent tous au spectacle interminable des vagues qui se brisent sur les rivages, en produisant une musique de détente, qui fait rêvasser les lions de mer sur les plages. Ils profitent d'un bain de soleil pour se réchauffer la peau, afin d'accumuler de l'énergie avant le prochain repos. Les oiseaux planent autour de la scène, ils plongent dans l'eau à l'affût des poissons qu'ils ont vus à peine ; ils s'envolent dans les airs pour rejoindre leurs progénitures, qui les attendent avec impatience pour avoir de la nourriture. Quelquefois, leurs petits disparaissent subitement, car ils sont dévorés par des faucons ou des hiboux, furtivement ».

Les oies sauvages

Ainsi de loin, j'aperçois la caravane passer

Un peloton ordonné et bien espacé

Battant des ailes en parfaite harmonie

En un rythme structurel telle une mélodie

Sillonnant le ciel par leur passage

Formant un triangle en dessous des nuages

Fouettant le vent de leurs ailes ondulantes

D'une beauté sauvage et mirobolante

Un cortège d'oies défilant dans les airs

D'une éloquence exubérante et claire

Je lève les yeux en admirant cette merveille

Un magique rêve que je fais en éveil

Dans un silence furtif et captivant

Allant toujours droit de l'avant

Le coup tendu et les ailes étalées

Dans leurs sillages, une cadence inégalée

La fin de l'automne est survenue

Un nouveau voyage sera bienvenu

Pour un long périple et pèlerinage

Vers le sud et pour d'autres rivages.

La saison des amours

La conférence prit fin à la grande satisfaction du public qui ne s'empêcha guère de l'applaudir.

Quatre semaines plus tard, il se rendit en Suisse pour donner une conférence à Genève qui fut un succès d'ailleurs. Une fois encore, il se présenta devant le public en lui avançant :

– Bonjour mesdames et messieurs, je ne puis guère m'empêcher d'exprimer une joie intense que d'être parmi vous en ce moment, alors, permettez-moi que j'amorce la conférence.

Après un bref applaudissement, le conférencier accorda la parole à un auditeur.

Ce dernier se leva et lui lança :

– M. Durand, que pourriez-vous nous dire sur le printemps ? Et qu'en est-il d'un poème sur cette merveilleuse saison ?

Alors le conférencier répliqua en entamant le sujet ainsi :

« Le printemps est ma saison préférée à cause de sa verdure et son climat tempéré, les bourgeons qui surgissent sur les branches d'arbres, pour annoncer sa venue dans ce cadre. Les oiseaux qui chantent en dansant pour fêter son arrivée, une saison de bonheur qui les fait saliver. Pour entamer la saison des amours avec gaieté et allégresse, les Fous de Bassan qui s'élancent dans les prouesses ; ou la grue du Japon qui étale ses ailes en bondissant dans les airs avec adresse, une parade splendide pour conquérir sa congénère avec justesse. La végétation prend de l'ampleur au fur et à mesure pour évoquer en nous de beaux souvenirs. Le beau temps et la chaleur s'installent graduellement, pour nous faire oublier les joies de l'hiver manifestement. Des bourgeons qui s'ouvrent gracieusement pour vêtir les arbres et les embellir harmonieusement ; ou un turion qui jaillit de la terre en s'élevant tout en douceur, il concède un joyeux festin à tous les rôdeurs.

Des tulipes qui surgissent de la terre en dévoilant leurs fameuses fleurs du bonheur, en tapissant le sol, elles l'ornent d'une variété de couleurs. Une fleur qui s'épanouit en étalant ses pétales, elle offre son pollen aux abeilles qui se régalent, ou un drageon qui surgit au pied d'un érable dont la racine fut sa mère, pour marquer son territoire, il jalonne ses frontières.».

Le printemps

Oh ! Printemps que je te vénère

J'ai vu le jour durant ta saison

Que tu es si beau et si éphémère

J'aime tes odeurs et j'adore ta floraison

Tu m'apportes la joie et le bonheur

Que je consume avec plaisir et ardeur

Le soleil, le beau temps et la verdure

J'ose espérer un jour que tu perdures

Et que tu puisses me nourrir à coup sûr

De ta généreuse et si belle nature

Le printemps s'annonce en cassant la glace

Une joyeuse et gaie saison refaisant surface

Les rayons solaires surgissent soudain

Et la lumière fut dans les quatre coins

Donnant naissance à un nouveau jour

Les rapaces, les aigles et les vautours

Heureux pour fêter leur mascarade

Gare aux oiseaux et à leur parade

La bonne humeur de toutes les créatures

La faune la flore et les humains bien sûr

Le soleil qui bondit par-dessus les collines

Reflétant sa lumière sur la rivière et la forêt voisine

Dans les nuages que je déambule

Je saute de joie, je crie et je fabule

À l'arrivée du printemps encore une fois

Que j'accueille avec un plaisir doté de joies.

La notion de temps

Quand il eut fini son poème, l'acclamation du public submergea la salle avant qu'une auditrice ne levât la main, augurant l'approche d'un nouveau sujet.

Après avoir reçu l'approbation de son interlocuteur, elle lui dit :

– M. Durand, que pourriez-vous nous raconter au sujet du temps dans les différents continents ainsi que dans l'espace ?

Le conférencier prit quelques secondes de réflexion et après avoir bu quelques gorgées d'eau, il entama le sujet :

« Le temps est extensible, il s'allonge ou il rétrécit ici ou ailleurs et il diffère dans les quatre coins de la planète d'ailleurs. Ainsi dans les pays du tiers-monde, le temps passe moins vite, alors que dans les pays industrialisés il est victime d'une mort subite. Le chômage dans le tiers-monde fait des ravages, en transformant le temps en un mirage, le rien à faire et que du bavardage, la journée devient longue en épousant le clivage. Uniquement une personne sur cent qui travaille, fournissant le tout pour sa famille, afin de colmater les failles. Le temps n'a pas de valeur dans les pays du tiers-monde, on le tue comme un malheur qui s'avère immonde. La notion de temps varie d'un continent à l'autre, notamment dans les pays pauvres, où les peuples sont victimes de leur apôtre. Un peuple déboussolé et perdu dans le temps, dont l'horloge a figé à jamais.

Il sera exaspéré pour longtemps et dégouté de ce déplorable marais.

Aujourd'hui ou demain, les jours seront semblables, un avenir incertain et une routine inlassable.

Le temps dans l'espace n'est pas absolu, c'est comme une boussole qui perd le nord en devenant farfelue ; il n'est pas immuable, et à la vitesse de la lumière, il devient malléable. Le temps s'égare dans l'univers, tout comme un courant d'eau qui se perd dans une rivière. Le temps dépend de l'univers et avec l'espace, il se confond, et en fonction de ce critère, on l'appellera espace-temps. La matrice du temps se déploie dans l'univers, dont l'oracle est l'espace et la vitesse de la lumière demeure un mystère. Dans l'espace, il est manipulable et élastique, mais sur Terre, il est impardonnable et rustique. Dans l'espace, il n'a ni commencement ni fin, alors que celui de la Terre, par rapport à l'univers, est tout à fait anodin.».

Le temps

Le temps n'a pas de face

Sa mémoire reste en place

Il est immuable et il s'efface

Aussitôt qu'il arrive, il passe

Rien à faire quoi qu'on fasse

Il nous rattrape avec audace

Le présent devient du passé

Une période révolue et classée

Et le futur deviendra le présent

Telle une alternance éternelle de saisons

Le passé, le présent et le futur

Reliés par des actions qui perdurent

Indépendamment du temps et de l'usure

Un rappel que le passé nous murmure

Ou c'est la misère ou c'est la gloire

Selon le contexte de notre histoire

Les jours s'écoulent avec ardeur

Pour rejoindre le passé antérieur

L'aurore d'une ère nouvelle

Dans un cycle de temps éternel

Le temps est infiniment constant

Indéfiniment coriace nonobstant

Avec le temps tout s'en va et tout s'use

Maitre de notre sort dont il abuse

À la fin de notre vie, nous cédons au déboire

Archivage de souvenirs dans nos mémoires

Qu'il soit beaux, mauvais ou douloureux

Le temps ne s'achète point et reste onéreux

Le présent ne flâne pas avec la veille

Un lendemain qui n'est point pareil

L'arbre du ciel se nourrit de la mort

Et du corps astral la nature nous dévore.

Le génocide rwandais

Après qu'il eut fini son poème, les applaudissements éclatèrent dans la salle, un autre auditeur leva la main dans l'espoir d'être choisi afin qu'il puisse formuler sa requête. Ainsi, le conférencier lui accorda la parole :

– M. Durand, j'aimerais que vous nous parliez du génocide rwandais.

Alors le conférencier entama le sujet dans un contexte serein qui reflète un souvenir pénible dont l'humanité a été témoin, il y a vingt ans de cela.

« Le Rwanda est un petit pays de l'Afrique Centrale, sa superficie est environ 59 fois plus petite que la province de Québec. Actuellement le nombre d'habitants est de 8 millions, dont 75 % sont des Hutus, 14 % des Tutsis, et 11 % des Twas ; le peuple le plus ancien qui habitait ce pays depuis des milliers d'années, un peuple qui vivait uniquement de la cueillette et de la chasse. Cependant, il est crucial de souligner l'existence de plusieurs récits historiques divergents, en ce qui concerne les premières tribus qui ont peuplé le Rwanda avant le 7ème siècle de notre ère. Alors que les Hutus et les Tutsis sont arrivés au Rwanda il y a 800 ans approximativement.

Le Rwanda est parmi les derniers pays qui ont été colonisés. Il a été envahi par les Allemands en 1894, mais durant la Première Guerre mondiale, et plus précisément en

1916, les Belges sont parvenus à chasser les Allemands. En colonisant le pays, ils ont favorisé les Tutsis au détriment des Hutus en leur offrant l'éducation et le confort nécessaire pour leur épanouissement, de sorte qu'ils ont été placés au pouvoir pour diriger le pays sous leur supervision. En 1922, la Belgique a instauré le protectorat dans le pays. Les Tutsis ont été choisis à cause de leurs traits physiques (peau plus claire, nez plus fin, taille plus haute…). Par conséquent les Hutus ont été délaissés dans leur village. Privés d'éducation et écartés du pouvoir, ils vivaient essentiellement de l'agriculture et de l'élevage.

Il existait déjà une tension palpable entre les deux ethnies, bien avant l'arrivée des colons. Cependant, il faut préciser que ce favoritisme a engendré une ségrégation entre les deux ethnies, qui s'est transformée avec le temps, en haine raciale.

En 1931, Mutara Rudahigwa s'est proclamé roi du Rwanda en prenant la place de son père, Yuhi Musinga, qui avait refusé de se convertir au catholicisme, par conséquent, il a été exilé au Zaïre ; l'actuelle République démocratique du Congo, depuis le 17 mai 1997. Le roi Mutara Rudahigwa avait commencé à revendiquer l'indépendance de son pays en 1956, mais comme il était malade, il mourut le 25 juillet 1959.

C'est alors que son frère, Kigeli V. Ndahindurwa a succédé au pouvoir, mais son obstination de refuser d'intégrer les Hutus au sein du gouvernement, malgré leur revendication acharnée, a conduit le pays à une guerre civile. En 1960, le roi a été chassé du pouvoir ainsi que quelques centaines de milliers de Tutsis qui se sont réfugiés le long de la frontière ougandaise. Les Hutus ont pris le pouvoir pour élire le premier président de la République rwandaise.

Le 26 octobre 1960, Grégoire Kayibanda, est devenu président de la République Rwandaise et le 1er juillet 1962, le Rwanda a obtenu son indépendance.

Les Tutsis ont été, à leur tour, écartés du pouvoir et les affrontements entre les ethnies se sont multipliés. En 1963 et en 1972, plusieurs milliers de Tutsis ont été massacrés. Ainsi, le général Hutu Juvénal Habyarimana s'est emparé du pouvoir par le biais d'un coup d'État, en juillet 1973. Il est resté président pendant 21 ans. Le 6 avril 1994, il mourut suite à l'écrasement de son avion à l'aéroport de Kigali, il était accompagné par le président du Burundi, Cyprien Ntaryamira. Les circonstances de cet écrasement demeurent toujours nébuleuses toutefois, il paraît que l'avion a été abattu par un missile. Cependant, personne n'a revendiqué l'attentat.

Le Rwanda baignait depuis plusieurs années dans la guerre civile entre les deux ethnies, mais la mort du président Juvénal Habyarimana, a déclenché le génocide à travers tout le pays ; de simples citoyens Tutsis et Hutus modérés ont été massacrés à coups de machette avant d'être achevés par une balle dans la tête. Les Tutsis sont arrivés à un point où ils devaient négocier la façon la plus rapide pour se faire assassiner, moyennant des sommes d'argent qu'ils donnaient aux milices afin d'éviter la souffrance causée par les mutilations. Les milices qui ont été entraînées et armées par les militaires et la garde présidentielle, bien des mois avant le début du génocide, étaient composées de deux groupes, le premier est Interahamwe (ceux qui attaquent ensemble), et le deuxième Impuzamugambi (ceux qui ont le même but). Les milices ont exterminé beaucoup plus de civils que les forces armées. Environ 800 000 personnes ont été massacrées, dont la majorité était des Tutsis, entre avril et juillet 1994. Ce génocide aurait pu être évité si le conseil de sécurité des Nations Unies avait pris la bonne décision en envoyant plus de Casques bleus.

Mais au lieu de cela, les pays d'Europe et les États-Unis ont plutôt opté pour le rapatriement de leurs propres citoyens, tandis que l'ONU a rapatrié ses soldats en y laissant que 250 Casques bleus, sous le commandement du général Dallaire. Un

petit nombre de soldats, largement insuffisant, qui demeuraient impuissants face à ce carnage dont ils étaient témoins en tant que simples observateurs. À travers toute l'histoire de l'humanité, il a existé plusieurs nettoyages ethniques. Comme le cas du génocide arménien par les Turcs de 1915 à 1916 ; celui de l'holocauste, l'extermination des Juifs par les nazis entre 1939 et 1945; celui de l'ex-
Yougoslavie, notamment en Bosnie et en Croatie, de 1991 à 1995 ; le cas des Kurdes en Irak, en 1988...

L'Afrique entière est en effervescence, la répartition des territoires tracés par les anciens colons a été une manigance qui a engendré une distorsion et un conflit entre les différentes ethnies, un énorme problème qui demeurera pendant longtemps irrésolu.».

Le génocide

Le génocide rwandais à l'échelle nationale

Fut une horrible histoire dans les annales

Un nettoyage ethnique mortel et sans égal

Une partie de l'histoire morbide et fatale

L'extermination des Tutsis par les Hutus

Ainsi que les Hutus modérés surtout

Reflète l'apogée de la sauvagerie humaine

Et un déviationnisme d'une manière certaine

Massacre et carnage du peuple à la machette

Qui a fait le tour du monde et les manchettes

Huit cent mille personnes furent exterminées

En l'espace d'une durée courte et déterminée

L'odieuse et fameuse extermination de Kigali

Fut l'exemple parfait d'un esprit en anomalie

La création d'une armée mondiale est inéluctable

Et d'un gouvernement fédéral est indispensable

Appelé le gouvernement fédéral de la Terre

Un État fédéral efficacement vite, il opère

Pour intervenir sur les quatre coins de la planète

Et la débarrasser de ce genre de marionnettes

Aussitôt qu'un conflit surgit quelque part

La cavalerie mettra les rebelles au placard

Et elle délestera la planète de ces barbares

Encore faut-il agir avant qu'il ne soit trop tard

Bien des pays qui vivent à l'état précaire

Dans la pauvreté, la famine et la misère.

L'itinérant

À la fin de la conférence un de ses amis nommé Carl Villeneuve, un écrivain français, lui présenta un journaliste québécois appelé David Reeves, qui était de passage à Genève et qui avait, d'ailleurs, assisté à sa conférence. Par la suite, ils se sont donné rendez-vous au restaurant Bayview pour faire de plus amples connaissances. Ainsi, ce dernier parvint à le convaincre de venir à Montréal pour présenter sa conférence, en l'invitant chez lui et en lui garantissant de l'aider pour l'organiser.

M. Durand fut émerveillé par cette invitation qu'il n'hésita pas une seconde à acquiescer. Au début de décembre 2013, il partit rejoindre M. Reeves à Montréal qui lui fit découvrir cette belle ville qu'il n'avait jamais visitée. Comme la conférence ne devait pas avoir lieu avant le 18 janvier 2014, au palais des congrès de Montréal, il prit le temps de visiter Québec, Ottawa, et Toronto. Pendant ce laps de temps, il eut l'occasion de s'informer et d'apprendre plus sur ce pays, aussi bien au niveau politique qu'économique et social.

La conférence devait commencer à 14 h, cependant la salle fut déjà remplie par le public qui avait entendu parler des exploits de M. Durand. La brochure qui contenait la liste des sujets qui avaient été abordés auparavant, leur a été distribuée.

Ainsi, il fit son apparition sur la scène et avec assurance, il se dirigea vers le lutrin. En décrochant le micro, il s'adressa au public :

– Bonjour Mesdames et Messieurs, sachez que je me réjouis d'être parmi vous aujourd'hui, à Montréal qui est une merveilleuse et fascinante ville, dotée d'un cachet unique au monde, merci.

Des applaudissements éclatèrent dans la salle pendant quelques secondes avant que le silence ne revienne.

C'est alors qu'une auditrice leva la main hâtivement de crainte d'être devancée par quelqu'un d'autre, ainsi le conférencier lui fit signe d'approbation.

– M. Durand, que pourriez-vous nous dire au sujet de l'itinérance dans le monde et en particulier dans notre pays ?

Le conférencier fut ravi de se voir poser une telle question, étant donné que ce sujet faisait la manchette des journaux à Montréal et que le public aurait voulu que le gouvernement ait résolu ce fléau au niveau national. Il décrocha le micro de son support et entama le thème en racontant au public une petite histoire à titre de préambule, avant d'entrer dans le vif du sujet.

« J'ai eu l'occasion de parler avec certaines personnes afin d'avoir leur point de vue sur ce sujet. Ainsi, j'ai rencontré un homme un jour dans un café, que je ne connaissais pas et, en engageant la conversation avec lui, j'ai pris la liberté de lui poser quelques questions :

– Dites-moi, monsieur, Quelle est la raison de vivre des gens, en d'autres termes, pourquoi vivent-ils ?

– Pour payer les factures, voyons donc !

– Trouvez-vous un plaisir à payer vos factures ?

– Et comment ! Sans les factures, ma vie n'aurait pas de raison d'être.

– Que pensez-vous du moment présent ?

– Le moment présent n'est pas une option pour nous !

– Comment cela ?

– Eh bien, nous passons notre vie à penser au lendemain et entre-temps à rembobiner les cassettes du passé, le moment présent n'est pas à la portée de tout le monde. Dans cette société, il faut être itinérant ou bien riche pour pouvoir penser au moment présent.

– Comment expliquez-vous cela ?

– C'est tout simple, ces deux catégories de gens ont, en quelque sorte, un point en commun malgré leurs différences sociales.

– Que voulez-vous dire par là ?

– Eh bien, un itinérant n'a pas de soucis à se faire vis-à-vis des factures, ainsi, il est libre comme l'air. Bien sûr, il vit en marge de la société, mais cela ne fait pas de lui un esclave du système, tandis qu'un riche n'a pas de tracas à se faire pour payer ses factures, par conséquent, il est maître de sa destinée et il a largement le temps pour penser au moment présent. Le lendemain sera un autre jour, peut-être meilleur, peut-être banal, peut-être pire. C'est ce genre de vie que mènent les itinérants. Ils ne s'inquiètent de rien, mais cela fait d'eux des marginaux de la société, car ils ne font pas la même chose que les autres.

Que dira-t-on des indigènes qui vivent dans la jungle à l'état sauvage, sans électricité ni chauffage ni aucun gadget électronique ? Coupés du monde extérieur, ils vivent en autarcie, pas de tracassin d'argent ni de factures à payer.

– Tout cela est bien beau cher monsieur, mais l'être humain doit évoluer, étant donné qu'il a les capacités intellectuelles pour y arriver, quoique le prix du civisme s'avère très onéreux.

– Effectivement, comme vous le dites, il y a toujours un prix à payer. Cependant, argent et mentalité n'ont pas d'association en tant que telle, on peut être riche mais doté d'une mentalité lamentable, ou pauvre mais cultivé. Quel triste sort que la vie nous réserve ! Il faut penser à payer ses factures avant de se trouver un moyen pour se nourrir. Des factures qui sont toujours dues. Être esclave de ses factures dont le besoin est devenu essentiel dans notre monde et dont on ne peut plus se passer. L'homme est un simple maillon d'une chaîne de production et un simple pion dans la société, il produit pour consommer, et tout l'argent qu'il gagne est redistribué dans les dépenses.

« L'itinérance, c'est vagabonder sans-souci. Parfois la personne le fait par choix personnel, mais souvent, c'est parce qu'elle est atteinte d'une maladie mentale, d'un problème de toxicomanie ou d'alcoolisme, ou à cause de problèmes financiers. Un clochard est mal vu par la société, il est victime de son malheur et des préjugés des autres. L'itinérance n'épargne aucun pays sur la planète, elle est flagrante dans les pays du tiers-monde et elle touche aussi bien les pays émergents qu'industrialisés. Paradoxalement, dans les pays pauvres et émergents, les itinérants ont des abris de fortune tels que les bidonvilles, alors que dans les pays industrialisés, ils dorment dans la rue, ou en dessous des ponts, malgré l'existence des centres d'hébergement car la demande demeure toujours supérieure à l'offre.

Il faut souligner aussi que les itinérants qui souffrent de maladies mentales, ne trouvent pas de refuges adéquats, car dans la plupart du temps, ils sont refusés par certains centres, étant donné la complexité de leurs maladies, qui est d'ordre mental, et qui leur rend la tâche ardue, puisqu'ils n'ont ni l'équipement adéquat ni la formation requise pour gérer la situation en cas de crise.

Selon le rapport du conseil national du bien-être social, la pauvreté coûte cher au Canada, en effet, elle coûte 25 milliards de dollars par année, alors qu'il suffit juste de la moitié pour en venir à bout.

Ainsi, les itinérants utilisent les services des refuges, des banques alimentaires, des soins de santé, de police et de l'aide juridique, car il leur arrive souvent d'essuyer des amendes liées à l'itinérance, qui restent impayées, puisqu'ils n'ont pas les moyens pour les acquitter. Par conséquent, le gouvernement doit défrayer des frais juridiques ainsi que des frais d'incarcération. Après un court séjour en détention, ils sont relâchés dans la nature, sans aucun encadrement. Il n'existe pas de statistiques récentes ni tangibles pour recenser les itinérants au Canada. Cependant, les dernières statistiques du fédéral, datant de 2006, ont révélé une estimation de 150 000 itinérants à travers tout le pays dont 30 000 à Montréal seulement. Il faut bien souligner que d'autres statistiques dévoilées par différents organismes ont décelé d'autres chiffres.

Néanmoins, la définition d'un itinérant varie d'un organisme à l'autre, ce qui complique davantage les statistiques. Cependant, que le nombre d'itinérants, à Montréal, soit en dessous ou au-dessus de 30 000 individus, il n'en demeure pas moins que l'estimation reste alarmante. Au Québec, la désinstitutionnalisation des malades mentaux qui s'est étalée sur une période de 30 ans, de 1960 à 1990, a contribué à l'augmentation de cette catégorie d'itinérants, qui souvent n'ont pas de famille, ils finissent par joncher les rues sans encadrement. Je conçois que la désinstitutionnalisation a fait l'objet d'un long débat avant d'arriver à cette conclusion. Un débat de conscience qui porte l'emblème de la liberté de l'homme, le droit de vivre en paix et à sa guise sans avoir à subir par autrui une sentence d'aliénation perpétuelle infligée par discrimination pour la simple raison que l'individu concerné est atteint d'une maladie mentale. En effet, c'était une noble décision de leur accorder le droit d'être libre, cependant, il s'est avéré que l'alternative qui devait prendre la relève pour une transition sans échec, n'a pas vu le jour. Il est impératif que le gouvernement prenne une décision adaptée pour remédier à ce fléau. En effet, un besoin urgent s'impose en matière de logements à prix modique et d'appartements supervisés pour ceux qui en ont besoin. Il faudrait aussi que le gouvernement puisse accorder plus de subventions afin de créer suffisamment d'ateliers pour leur insertion sociale et leur intégration au marché du travail. Nous savons qu'il existe des organismes qui travaillent d'arrache-pied avec les moyens du bord pour les aider à intégrer le marché du travail, cependant les ressources demeurent insuffisantes, face à une clientèle dont le nombre ne cesse guère d'augmenter chaque année notamment à cause de l'exode rural des itinérants ».

Après avoir terminé son discours, il le paracheva avec un poème :

L'itinérance

Bêtise humaine et pauvreté urbaine

Vivre à peine et sans aucune hautaine

Déplorable galère et vie de misère

Horreur humaine et sort contraire

Sortir du trou est un espoir sans issue

Vérité de la Palice des États obtus

Triste réalité d'un truisme délaissé

Aux yeux des autres, ils sont rabaissés

Ces pauvres itinérants qui juchent nos rues

De nos jours encore et c'est saugrenu

Sans logement ni même abri de fortune

Errer dans la rue est une triste routine

Emprisonnés à jamais dans leurs univers

Ils passent la nuit dehors pendant l'hiver

Il y en a qui meurent durant leur sommeil

En quittant à jamais ce monde des merveilles

Ainsi, misère le temps fut fugace

On s'accroche à la vie et on s'en lasse

Mais pour l'itinérant rien ne se passe

N'ayant pas le choix, il fond dans la masse.

L'hiver

Lorsqu'il eut couronné son poème, des applaudissements retentirent dans la salle avant qu'un autre auditeur ne lève la main. Il lui donna son accord, et ce dernier lui demanda :

– M. Durand, j'aimerais que vous nous décriviez l'hiver sous un aspect parnassien.

C'est alors qu'il s'avança vers le public en tenant le micro dans la main et il commença son récit de la sorte :

« Des flocons de neige flottant dans les airs, ils dansent avec le vent au rythme de sa cadence, l'accoutu-mance oblige en se laissant faire, victimes du temps et de sa forte véhémence. La neige se faufile à travers les lampa-daires, en atterrissant sur mon corps avec douceur, elle caresse mes joues rien que pour me plaire. Elle agit sur moi avec délicatesse et ardeur, ainsi sa présence est requise pour me rappeler l'hiver qui sera là, pour durer cinq mois encore, et ce n'est ni le paradis ni l'enfer. Il fera tout simplement très froid et les oiseaux auront migré vers le sud, en nous laissant un hiver long et rude, pour retrouver un climat tempéré au large de formidables îles, tant vénérées. Une alternance de sloche, de neige et de glace, on glisse, on tombe et on se relève avec audace. L'hiver sur deux autres saisons, il chevauche, il gruge, il persiste et il s'accroche. Ainsi, après quelques mois l'hiver passe, et ses séquelles de nos mémoires s'effacent.».

Le temps des fêtes

C'est l'hiver et c'est le temps des fêtes

La période des cadeaux que l'on s'achète

Pour faire plaisir à ceux que l'on aime

Enfants ou adultes tous heureux de même

En fêtant Noël sous le même emblème

Un phénomène naturel et non un dilemme

Une période magique pour les enfants

Excités, impatients et surtout contents

De recevoir des cadeaux du père Noël

En exauçant leurs vœux de plus belle

La neige qui tombe, aussi douce que frêle

Une joie de vivre qui nous donne du zèle

J'entends mon feu de cheminée crépiter

Un bruit agréable m'incitant à méditer

À l'aide d'un bon verre de vin, à siroter

En m'allongeant sur mon divan velouté

Je contemplais les flocons de neige

Qui flottaient dans les airs, tel un cortège

En valsant harmonieusement avec le vent

D'une musique insonore pour les êtres vivants

Le sol est tapissé d'une fine couche de neige

Un plaisir ardent qui n'est point un manège.

L'Apartheid en Afrique du Sud

Quand il eut terminé son poème, des applaudissements éclatèrent dans la salle avant qu'une autre auditrice ne levât la main, dans l'espoir d'être choisie pour formuler sa requête, c'est alors qu'en la remarquant, il lui accorda la parole.

– M. Durand, que pourriez-vous nous relater comme récit historique concernant L'Afrique du Sud ? Et qu'en est-il de l'apartheid ? Et quel poème pourriez-vous nous offrir en hommage à M. Nelson Mandela ?

Ainsi, le conférencier commença son discours par un récit historique :

« L'Afrique du Sud fut découverte par Bartolomeu Dias, un navigateur portugais, qui a été chargé par le roi du Portugal, Jean II, de procéder à l'exploration de Diogo Cão sur les côtes d'Afrique. Ayant été perdu en pleine mer, il revint sur ses pas en longeant la côte africaine et c'est alors qu'il découvrit le Cabo Tormentoso(le cap des Tempêtes), que le roi Jean II nommera plus tard le Cabo de Boa Esperança (le Cap de Bonne-Espérance). Il retourna à Lisbonne à la fin de 1488 et, en 1497, il accompagna Vasco De Gama pour retrouver le Cap de Bonne-Espérance.

Ce dernier est un explorateur Portugais qui a été recruté par le roi du Portugal,

Manuel 1er Le Grand, successeur de Jean II, (1495-1521), pour faire cette expédition, mais cette terre a été délaissée, car l'accès était difficile et la région leur paraissait hostile et moins riche pour s'y installer. Ce n'est qu'en 1652, que les Néerlandais fondèrent le premier poste permanent sur le cap Bonne-Espérance. Trois navires débarquèrent sur les lieux, ils faisaient partie de la compagnie des Indes orientales.

Ainsi, des paysans d'origine néerlandaise s'installè-rent le long des côtes, la compagnie leur donna le titre de « Free burger », c'est-à-dire des citoyens fermiers libres. Un surnom qui fut remplacé plus tard par les « Boers ». En 1856, les Britanniques ont colonisé l'Afrique du Sud, après avoir mené une guerre sanglante contre les Boers. Ces derniers adoptèrent une nouvelle langue appelée l'afrikaans. Ainsi, après le départ des anglais, qui conduisit à l'indépendance de l'Afrique du Sud, le 31 mai 1910, les Boers ont pris le pouvoir en écartant les noirs dont les droits ont été brimés, de sorte qu'ils n'avaient même pas le droit de voter, d'où l'apparition du mot Apartheid qui veut dire « vivre à part» en afrikaans. Ainsi, l'Apartheid a vu le jour en 1911.

La création de l'ANC (Congrès National Africain) en 1912, a donné naissance à la lutte d'une manière pacifique contre l'Apartheid, mais après 40 ans d'essai, la manière douce n'a abouti à rien. À partir de 1942, Nelson Mandela a rejoint l'ANC, qui était sous le leadership de d'Oliver Tambo, en menant une lutte acharnée contre l'Apartheid mis en place par les Afrikaners qui ne constituaient que 30 % de la population totale de l'Afrique du Sud. Nelson Mandela fut emprisonné et relâché au moins deux fois, avant d'être condamné avec ses compagnons, à la prison à perpétuité en juin 1964. Il a purgé une peine de 27 ans avant d'être libéré en 1990. En 1991, sous la présidence de Frederik De Clerk, les dernières lois de l'Apartheid furent abolies. En 1994, Nelson Mandela devint le premier président noir de l'Afrique du Sud, en faisant un seul mandant jusqu'en 1999, vu son âge et son état de santé, il ne s'est pas présenté pour un deuxième mandat.

Mais il a su, avec délicatesse, orienter son pays vers une démocratie libérale et éviter une guerre civile, en respectant les droits de l'homme tout en se réconciliant avec ceux qui l'ont emprisonné auparavant, en leur tendant la main. Une main remplie d'espoir, dénuée de tout esprit de vengeance et de haine. Le magique Madiba qui n'est nul autre que le fameux Nelson Mandela, le père de la nation de l'Afrique du Sud, un sobriquet affectueux que son peuple lui octroya en guise de reconnaissance. Un prophète humain qui a donné de longues années de sa vie pour délivrer son peuple de la ségrégation raciale et de l'injustice, un fléau qui a remplacé l'esclavage après son abolition. Un sage homme qui a su éviter le bain de sang à son peuple et accomplir sa mission avec honneur, avant de rejoindre la demeure du repos éternel, le 5 décembre 2013, à Johannesburg en Afrique du Sud.».

Madiba

Nelson Mandela restera au panthéon

Ayant vécu une longue misère dans le néant

Vingt-sept ans de prison sans aucune raison

Ayant combattu l'Apartheid malgré la dérision

D'une minorité de blancs qui a pris le pouvoir

Plus de trois siècles, elle a maltraité les noirs

Il a combattu pendant cinquante ans avec espoir

Un grand et sage homme qui marquera l'histoire

Assoiffé de justice, il a lutté contre l'injustice

Un prix élevé qui lui a coûté des préjudices

Un régime d'Apartheid cruel et inhumain

Et par son décès, on y pense soudain

Que de paroles en l'air dont je me plains

Un saint homme hors du commun

Il a su ramener la paix avec délicatesse

Et rassembler son peuple avec sagesse

Un symbole puissant pour la paix et l'égalité

Un père incontesté d'une véritable notoriété
Il a lutté contre la discrimination raciale
Et avec raison, il ramené l'ordre social
Une fierté du peuple de l'Afrique du Sud
Dans un monde aussi immonde que rude
Un autre homme qui marquera l'histoire
Et il restera à jamais dans nos mémoires
Pour rappeler à l'humanité, ses déboires
En dépit de tout, il a eu sa gloire
Notre évolution restera un espoir
Une évidence à laquelle il faut croire.

La conférence s'acheva avec une acclamation chaleureuse qui témoigna de l'admiration du public envers ce jeune conférencier dont la capacité à improviser est étonnamment impressionnante.

Il décida de prendre des vacances pendant quelque temps, afin qu'il puisse se consacrer à l'écriture de son prochain livre.

Ici ou ailleurs l'être humain est loin d'être parfait. À travers le temps, il évolue, il s'améliore pour atteindre le sommet de sa gloire. Il battit sa vie du mieux qu'il peut en gardant espoir. Il se trompe et parfois, il tombe de haut puis il se redresse pour corriger ses erreurs. Cependant, parfois, son côté obscur contrôle sa pensée pour en faire un esclave. Il finit par sombrer dans le chaos. La pensée est l'essence même de la maturité de l'homme. Elle peut le projeter au sommet de la civilité tout comme elle peut le réduire à l'état sauvage.

Les peuples de notre planète n'évoluent pas tous au même rythme certes, mais il faut souligner que même ceux qui ont évolué, sombrent dans une inconscience inexpliquée et irresponsable en ce qui concerne la protection de notre environnement. L'existence de l'être humain sur Terre est-elle le fruit du hasard ou de la providence ? Je laisse cette pensée au libre choix du lecteur de trouver une réponse. Peu importe la réponse, tout ce que nous savons est que la Terre nous a donné la vie. Mais comment ? Une question qui demeure une énigme, souvent manipulée par des théories purement spéculatives.

Tout ce qu'il faut comprendre, c'est que nous avons la chance de vivre sur cette planète, qui nous a donné la vie alors que nous ne faisons rien pour la protéger. Les humains prennent la vie sur Terre pour acquis, ils puisent dans sa richesse sans penser aux conséquences, un signe d'absurdité qui reflète la contradiction avec leur intelligence. L'espérance de vie de l'être humain est minime par rapport à l'échelle planétaire, tout comme un papillon dont la durée de vie n'excède point les quarante-huit heures. Pourtant, il a réussi brillamment en développant son expertise en matière de destruction de son propre environnement.

Dans toute l'histoire de l'humanité, il n'y a pas une seule décennie qui est passée sans qu'il y ait un conflit, une guerre, un massacre ou un génocide. Les humains sont toujours en guerre pour des raisons économiques, politiques, idéologiques ou ethniques. Les principes et les valeurs humaines demeurent une théorie chez certains d'entre eux. Nous n'avons malheureusement pas atteint, encore, le degré supérieur de la conscience pour comprendre que nous ne sommes pas éternels et que pour perpétuer l'existence de notre descendance, nous devons concevoir un jour que l'argent ne fait pas le bonheur, mais que la répartition de la richesse évite bien la misère. En deux siècles et particulièrement depuis la révolution industrielle, l'homme a épuisé plus de la moitié des ressources de la planète et a déclenché le réchauffement climatique. Il a aussi détruit l'environnement avec tous les déchets nucléaires qu'il a enterrés sous terre.

Notre planète est devenue une poubelle. Même dans l'espace autour de l'orbite terrestre, des centaines de milliers de débris de satellites qui ont été détruits, graviteront éternellement pour nous rappeler que même ce dernier, nous n'avons pas oublié de l'empoisonner.

L'origine de toutes les guerres chez les humains, c'est le pouvoir et la défense territoriale. Ce qui est étrange, c'est que les animaux sauvages s'entretuent, eux aussi, pour la même idéologie. L'être humain n'a pas encore saisi que la Terre n'appartient à personne et qu'elle appartient en même temps à tout le monde. Les gens passent leur vie à se battre pour un lopin de terre, ceux qui survivent devrait-on dire qu'ils doivent cela à la loi du plus fort ou à la sélection naturelle ? Néanmoins quand ils meurent, ils cèdent ces lopins de terre à d'autres qui prennent la relève et finissent par s'entretuer à leur tour et ainsi de suite jusqu'à la fin des temps.

Les humains seront toujours en guerre, obsédés par la possession, ils ne connaîtront jamais la paix sur Terre. Au lieu de profiter de la vie, de partager et de vivre en harmonie, ils sombrent dans la misère. Un comportement inouï qui n'a pas de raison d'être et dont la sauvagerie demeure toujours un mystère. Prônons pour la paix, le civisme et la démocratie dans un monde idéal dépourvu d'aristocratie. Une poignée de gens qui dirigent le monde, ils tirent les ficelles et provoquent des conflits, alors que des millions d'innocents qui périssent à cause d'un dommage collatéral et les responsables de ces carnages demeurent souvent impunis. Une dure réalité qui nous sidère et qui est loin d'être banale.

Notre merveilleuse planète est unique dans la Voie lactée, s'il existe des milliards de galaxies dans le multivers, il est fort probable qu'il existe au moins une autre planète vivante quelque part. Cependant, la technologie du 21ème siècle est encore dans ses balbutiements, peut-être bien que dans un siècle ou deux, l'exploration de l'espace sera une chose du passé.

Bibliographie

- Ouspensky, In search of the miraculous, traduit de l'anglais par Philippe Lavastine, Fragments d'un enseignement inconnu, éditions Stock, 1974.
- Khalil Gibran, Le prophète, traduit de l'anglais par Paul Kinner, les éditions de Mortagne, 1983.
- A.. Barrere. Recherche Sociale. N : 7. Septembre-octobre 1966.
- A.. Sauvy.Théorie générale de la population, volume 1 : Économie et population, P.U.F.1952.
- Richard Langlois, S'appauvrir dans un pays riche, Éditions Saint-Martin, 1990
- Jan Bor, Errit Petersma & Jelle Kingma (Histoire universelle de la philosophie et des philosophes. Éditions Flammarion, 1997)
- Jean- Jacques Rousseau, Du contrat social ou principes des droits politiques, 1762.
- Machiavel, Le prince, 1550 (Traduit de l'italien par Albert t' Serstevens, 1921, édition Librio).
- Victor Hugo, Hernani, acte III, scène IV, 1830.
- L'État du tiers monde, Éditions la découverte, 1989.
- Article : Le Devoir; Rapport du conseil national du bien-être social-La pauvreté coûte cher, 29 septembre 2011 Société/Actualité en société.
- Article : Le Devoir, L'itinérance explose à Montréal, 20 avril 2012.
- Article : TVA/Nouvelles. La situation des itinérants est alarmante, première publication le 10 novembre 2011.
- Article : Radio Canada. Survivre à un génocide.
- Génocide au Rwanda, rapport du Human Right Watch (avril-mai 1994, vol.6 no.4).
- Rapport de l'Organisation de l'unité africaine (OUA) sur le génocide au Rwanda (juillet 2000).

Table des Matières

www.ingramcontent.com/pod-product-compliance
Lightning Source LLC
Chambersburg PA
CBHW071143250626
47159CB00006B/2281